Wolfgang Schweiger

Tödlicher Grenzverkehr

PENDRAGON

„Die tödlichsten Fallen sind die,
die wir uns selber stellen."

Raymond Chandler, *The Long Goodbye*

Prolog

Der Anruf kam um 22:45 Uhr, in einer ungewöhnlich kalten, sternklaren Nacht Ende April. Von diesem Zeitpunkt an hatte Dieter Leschnik noch genau siebzehn Minuten zu leben. Es sei denn, er wäre zuhause geblieben, im Bett mit seiner Freundin Alexandra. Doch das tat er nicht! Denn Leschnik war Journalist; genauer gesagt, ein gerissener Enthüllungsjournalist und weitgereister Kriegsberichterstatter. Und seit einigen Jahren auch ein erfolgreicher Buchautor. Er hatte einen angesehenen Stuttgarter Industriellen als Versicherungsbetrüger und mehrfachen Mörder entlarvt, einen korrupten Ex-Staatssekretär zum wohlverdienten Selbstmord animiert und zuletzt die Schlächtereien auf dem Balkan und im Kongo hautnah miterlebt. Er war überfallen, verprügelt und beschossen worden, hatte einen Flugzeugabsturz, Gelbfieber und zwei Scheidungen überlebt. Und gleichgültig, mit wem oder was er sich gerade vergnügte, er wäre niemals auf den Gedanken gekommen, deswegen einen Informanten abzuwimmeln.

Die Anruferin, Leschnik schätzte ihr Alter auf etwa Ende dreißig, stellte sich weder vor noch gab sie andere persönliche Details preis. Lediglich ihr leicht osteuropäischer Akzent verriet, woher sie kam. Die Frau bat Leschnik mit knappen Worten um ein Treffen. Und zwar in Sachen Melzer. Ort und Zeitpunkt könne Leschnik selbst bestimmen, allerdings würde es ein wenig eilen.

Leschnik warf einen Blick auf den Wecker und sagte: „Hm, ich kann mich da ganz nach Ihnen richten. Schlagen Sie was vor ..."

„In einer Stunde am Grenzübergang Freilassing", war die Antwort. „Würde Ihnen das passen?"

„Das wäre zu schaffen. Und wie erkenne ich Sie?"

„Ich kenne Sie. Also bis gleich."

Leschnik legte das Handy zurück auf den Nachttisch und steckte sich eine Zigarette an. Er rauchte ein paar Züge, verspürte plötzlich ein diffuses Unbehagen. Irgendetwas in seinem Bauch schlug Alarm. So wie damals in diesem Waldstück bei Vukovar, kurz bevor die ersten Schüsse fielen. Er drückte die Kippe aus und beugte sich zu Alexandra rüber. Er strich der Frau mit dem Finger über die Stirn, sog den Duft ihres Haars ein. Er murmelte eine Entschuldigung, erhielt aber keine Antwort. Als er den Kleiderschrank öffnete, um sich nach einem extra warmen Pullover umzuschauen, fiel sein Blick auf die kugelsichere Schutzweste, ein Geschenk seines Verlegers. Er nahm die Weste, ein vergleichsweise leichtgewichtiges Modell neuester Machart, vom Bügel und hielt sie in die Höhe.

„Vielleicht sollte ich das gute Stück mal wieder ausführen", sagte er. „Was meinst du dazu?"

Alexandra wälzte sich herum und blickte ihn mit schläfrigen Augen an. „Stimmt was nicht?"

Leschnik schüttelte den Kopf. „Keine Ahnung. Aber du weißt ja: In einer feindseligen Umgebung ist Misstrauen nun mal die beste Waffe."

„Dann bleib doch hier ... "

„Wenn ich damit erst anfange, kann ich gleich einpacken." Leschnik legte die Weste an und posierte kurz vor dem Spiegel damit, bevor er einen Pullover darüber zog und in die Hose schlüpfte.

„Um was geht es denn?", fragte Alexandra. „Wieder um diesen blöden Melzer?"

„Du sagst es."

„Aber du hast doch selbst gesagt, dass er mit dem Mord an der Angie höchstwahrscheinlich nichts zu tun hatte."

„Das schon, aber Gangster bleibt Gangster ..."

„Dann verrate mir doch endlich mal, was du bisher rausgefunden hast?"

„Pssst ..." Leschnik wedelte mit den Socken in Richtung Fenster. „Feind hört mit."

Alexandra warf die Bettdecke zurück und stand ebenfalls auf. Sie trat zu Leschnik, umschlang mit beiden Armen seine Taille und drückte ihn fest an sich. Was Leschnik beinahe in Atemnot brachte, ihm zugleich aber eine beachtliche Erektion bescherte.

„Du machst mich noch wahnsinnig mit deiner Paranoia", wisperte sie ihm ins Ohr.

„Ach ja ...?"

„Manchmal glaube ich fast, du traust mir nicht?"

Leschnik lächelte verhalten. Ihm war schon seit Mitte Januar bekannt, dass Alexandra mit einem weiteren Mann recht intimen Umgang pflegte. Mit einem windigen, aber hundsgemein gut aussehenden Geschäftemacher, der nach seiner letzten Pleite wieder auf dem Bauernhof seiner Eltern in der Nähe von Seebruck wohnte. Leschnik sagte: „Ich habe bisher nur erfahren, dass seine diversen Unternehmungen nicht mehr so gut laufen wie noch vor ein paar Jahren."

„Und wieso?"

„Das eben versuche ich gerade herauszufinden ..." Was durchaus der Wahrheit entsprach, auch wenn er ungern davon redete. Aber der Stand der Dinge war nun einmal, dass seine Recherchen bislang mehr oder weniger im Sand verlaufen waren. Dass er trotz aller Bemühungen noch immer nichts Konkretes in der Hand hatte gegen den Mistkerl. Der verdammte Kerl hielt sich mächtig bedeckt, und der Einzige, der inzwischen dumm dastand, war er selbst, seit es kein Geheimnis mehr war, dass er Melzer ans Leder wollte. Aber gut, mal sehen, was diese Frau zu bieten hatte. Vielleicht würde durch sie endlich Bewegung in die Sache kommen. Auch wenn er ein merkwürdig ungutes Gefühl dabei hatte.

Leschnik löste sich von Alexandra, steckte sein Handy in die Hosentasche und ging in den Flur hinaus, um sich fertig anzuziehen. Bleib cool, dachte er. Die Fahrt nach Freilassing würde zu dieser späten Stunde kaum mehr als vierzig Minuten dauern, was bedeutete, dass er am Treffpunkt noch in aller Ruhe die Lage checken könnte. Es gab also keinen Grund, sich jetzt schon Sorgen zu machen. Vor der Haustür blieb er kurz stehen und blickte sich um. Die Straße lag ruhig und leer da, nur zwei Häuser weiter kam die Zeitungsausträgerin eben aus der Zufahrt und ging weiter, entfernte sich von ihm. Echt ein Scheißjob, dachte er und entschied, ihr dieses Mal zu Weihnachten einen Zwanziger zukommen zu lassen. Sein Volvo war schräg gegenüber geparkt und er stand schon an der Fahrertür, als hinter ihm ein Automotor gestartet wurde. Leicht erschrocken hielt er inne und starrte ins Scheinwerferlicht, das nun in seine Richtung schwenkte. Seine Gedanken überschlugen sich. Nur ein Zufall? Aber hätte er nicht bemerken müssen, wie der Fahrer in den Wagen gestiegen war? Immerhin hatte er auch die Zeitungsausträgerin zu Gesicht bekommen! Und er hatte auch nichts gehört, keine Trittgeräusche, kein Zuschlagen der Wagentür, rein gar nichts. Das hieß doch, dass der Fahrer schon dringesessen haben musste; dass der Mann hier vielleicht auf jemanden gewartet hatte; dass hier möglicherweise etwas faul war. Er versuchte, das Gesicht hinter der Windschutzscheibe zu erkennen, und dann war es zu spät. Denn plötzlich gab der Fahrer Vollgas und ehe sich Leschnik versah, wurde er vom rechten Kotflügel des Wagens erfasst und brutal gegen seinen Volvo gestoßen. Er dachte noch: Was für eine blödsinnige Methode, eine Warnung auszusprechen. Dann schrammte der Wagen, ein graufarbener Kombi der Marke Subaru, an ihm entlang, und obwohl er sich mit Händen und Füßen dagegen wehrte, geriet er unter den rechten Hinterreifen. Ein schwarzes Gummiungeheuer, das mit mörderischer Wucht in seinen Unterleib drückte und dann über ihn hinwegholperte.

Der Subaru entfernte sich mit aufheulendem Motor, und Leschnik stierte in den Nachthimmel, konnte nicht fassen, was da eben passiert war. Überfahren vor der eigenen Haustür. Noch dazu von einer Frau, wenn er richtig gesehen hatte. Einer jungen Frau mit schmalem Gesicht und dunklem Haar. Dann wurde ihm speiübel, und mit der Übelkeit kam der Schmerz. Ein Schmerz, so schneidend und widerlich, dass ihm die Luft wegblieb und er dachte: Das halte ich keine zehn Sekunden aus. Er stemmte sich auf den rechten Ellbogen, versuchte zugleich, sein linkes, intakt gebliebenes Bein anzuziehen. Vergebens. Er fiel wieder zurück, sein Mund füllte sich mit Erbrochenem. Er spuckte aus, tastete nach seinem Handy in der Hosentasche. Nur keine Panik jetzt, befahl er sich. Er war immerhin mitten in der Stadt, mitten in der Zivilisation, in ein paar Minuten würde er auf dem OP-Tisch liegen und eine ganze Mannschaft von Spezialisten würde sich darum reißen, den Schaden zu beheben. Doch der Apparat entglitt seinen zittrigen Fingern und schon halb betäubt von der Kettensäge, die in seinen Eingeweiden herumwühlte, sah er sich plötzlich von oben daliegen. Ganz so, als würde er sich aus einem Fenster im dritten oder vierten Stock beugen und ein Unfallopfer beobachten. Unbeteiligt und objektiv. Dann verschwamm seine Sicht, bis nur noch ein brennend gelber Punkt übrig blieb, der wie eine Signallampe am Ende eines Tunnels aufblinkte. Als auch der verschwand, alles schwarz wurde und eine eigenartige, innere Stille eintrat, wurde ihm bewusst, dass er im Sterben lag. Ohne Getöse, ohne Geschrei, einfach so. Kurioserweise fühlte er keinen Zorn, keine Wut, nicht einmal Angst in sich hochsteigen. Alles, was er fühlte, war eine

Art von Traurigkeit. Mein Gott, er war doch eben erst sechzig geworden! So viele Jahre, die ihm nun entgehen würden.

So viele Stunden mit Alexandra etwa.

Nur ein kleines Weilchen noch, dachte er, das wäre schön. Dann fiel sein Kopf zur Seite und er fühlte nichts mehr.

1

„Samstag früh fliegen wir“, verkündete Ingrid und hielt Gruber einen Computerausdruck hin.

Gruber nahm das Blatt entgegen und setzte sich auf die Bettkante. „Und damit kommst du erst jetzt an?“, brummelte er.

„Kleine Überraschung vor dem Zubettgehen …“

Gruber rückte ein Stück näher zur Nachttischlampe und studierte die Angaben. Er hatte es Ingrid überlassen zu bestimmen, wohin in den Süden sie reisen wollten. Vereinbart war nur, dass sie für zwei Wochen ans Meer wollten, bevor die Hauptsaison losging. Dass sie noch relative Ruhe mit Badefreuden verbinden konnten, nicht mehr als vier, fünf Flugstunden entfernt. Dass es nach Rhodos gehen würde, hatte er allerdings nicht erwartet.

„In Athen haben wir zwar ein paar Stunden Aufenthalt, aber dafür ist der Flug fast um die Hälfte günstiger als ein Direktflug“, sagte Ingrid und setzte sich neben Gruber.

„Hm, und hast du auch schon ein Hotel gebucht?“, fragte er.

„Habe ich“, erwiderte sie und zog einen kleinformatigen Reiseführer sowie eine Landkarte aus der Tasche ihres Bademantels. Gruber legte den Ausdruck auf den Nachttisch, griff nach der Karte und breitete sie auf seinem Schoß aus. Er wusste kaum etwas über Rhodos. Eigentlich nur, dass die Insel mal heiß umkämpfter Stützpunkt irgendeines Ritterordens gewesen war. Also vermutlich jede Menge Sehenswürdigkeiten bereithielt, vorausgesetzt, man hielt halbverfallene Festungsanlagen für sehenswert. Er tippte mit dem Zeigefinger auf einen Punkt an der Ostküste. „Anthony Quinn Bay", sagte er verwundert.

„Die haben da mal einen Film gedreht, steht im Reiseführer. ‚Die Kanonen von Navarone'. Irgend so ein Zweiter Weltkriegs-Schinken mit Gregory Peck und Anthony Quinn. Dem hat's da so gut gefallen, dass er ein Stück Land gekauft hat, das noch heute nach ihm benannt ist."

„Ich kenne nur den Alexis Sorbas mit ihm."

„Der hat auf Kreta gespielt."

„Aha ..."

„Und, was sagst du? Bist du einverstanden?"

„Die Frage kommt ein bisschen spät, meinst du nicht? Es sei denn, du hast auch eine Reiserücktrittsversicherung abgeschlossen?"

„Es wird dir gefallen, glaub mir."

Ingrid bedachte ihn mit ein paar zärtlichen Küssen auf die Wange, kroch dann hinter ihm aufs Bett und massierte ihm mit beiden Händen sanft den Nacken. Gruber beugte sich weiter vor, ließ die

Landkarte auf den Teppich fallen und schloss die Augen. Er konnte sein Glück noch immer nicht so richtig fassen, selbst nach gut einem Jahr ihres Zusammenseins. Vor allem, wenn er daran dachte, unter welch unglücklichen Umständen sich ihre Beziehung angebahnt hatte. Dass sie trotz seiner Riesendummheit, die sie fast das Leben gekostet hätte, weiter zu ihm gehalten hatte. Und dann auch einverstanden gewesen war, ihn zu heiraten, mit ihm den Rest ihres Lebens zu verbringen. Nein, diese Frau war einfach der blanke Wahnsinn. Er brauchte sie nur anzuschauen und schon ging es ihm gut. Und sie brauchte ihn nur anzufassen und schon ... Er sah an sich herab und grinste wie ein Schulkind, das eine gute Note erhalten hatte. Vielleicht doch gar nicht schlecht, dachte er, dass es damals nicht geklappt hatte mit ihnen, dass vor mittlerweile einundvierzig Jahren nichts aus ihnen geworden war. Dann würden sie vermutlich längst getrennte Wege gehen, oder er könnte ihrem Anblick nichts mehr abgewinnen und sie wären nur noch aus Gewohnheit zusammen, wie so viele andere Ehepaare auch. Würden sich bei jeder Gelegenheit angiften und sich vor der Nähe des anderen ekeln. So aber könnten sie gemeinsam alt werden und er würde, so hoffte er zumindest, doch nie genug von ihr kriegen.

„Wir werden tagsüber ein bisschen herumfahren,

irgendwo baden oder auch nur am Strand herumliegen, abends dann fein essen gehen und nachts werde ich dir ein paar Sterne zeigen, von denen du garantiert noch nie etwas gehört hast", flüsterte ihm Ingrid ins Ohr.

Bevor Gruber antworten konnte, klingelte sein auf dem Nachttisch abgelegtes Handy. Er blickte auf den Wecker. Es war kurz vor halb zwölf. Schlechte Nachrichten, keine Frage. Er stieß einen Seufzer aus und griff nach dem Apparat. Es war Bischoffs Nummer auf dem Display. Na prima, dachte er.

„Ja?"

„Hast du schon geschlafen?", fragte seine Kollegin etwas kleinlaut.

„Würde das einen Unterschied machen?", erwiderte er abweisender, als er eigentlich gewollt hatte.

„Tut mir leid, aber ich glaube, du musst noch mal raus ..."

„So? Verrätst du mir auch, wohin? Und vor allem, warum?"

„Ein Fall von Fahrerflucht mit einem Toten, mitten in der Stadt, in der Leonrodstraße."

„Fahrerflucht?", wiederholte Gruber missmutig. „Kannst du das nicht allein erledigen?"

„Schon. Aber es könnte mehr dahinterstecken ..."

„Was denn zum Beispiel?"

„Mord."

2.

Gruber stellte seinen Peugeot auf dem Bushaltestreifen vor der Hauptschule in der Haslacher Straße ab, stieg aus und blickte sich um. Er mochte diese Ecke der Stadt besonders, diese Handvoll Straßen mit den prächtigen Jugendstilvillen, gesäumt von mächtigen Kastanienbäumen. Dass ausgerechnet hier ein Mord auf offener Straße stattgefunden haben sollte, wollte ihm nicht in den Kopf. Die Bischoff übertreibt mal wieder, dachte er, während er die Fahrbahn überquerte und sich dem Schauplatz des Geschehens näherte, wo ihm die Blaulichter etlicher Streifenfahrzeuge entgegenblinkten. Er passierte ein paar neugierige Anwohner, die leicht fröstelnd auf dem Gehsteig herumstanden, und trat zu der Gruppe von Streifenpolizisten, die sich um einen am Straßenrand geparkten Volvo geschart hatte.

„Abend, Herr Kommissar“, begrüßte ihn einer der Beamten, ein schnauzbärtiger Mittdreißiger. „Eine echt scheußliche Sache, sage ich Ihnen.“

Gruber nickte nur. Er hatte eigentlich erwartet, dass Bischoff ihn aufklären würde, konnte seine Kollegin aber nirgends entdecken. Er sah nur eine dunkelhaarige, jüngere Frau, bekleidet mit Jeans und einem Anorak, die ein Stück weit entfernt an einem Geländewagen lehnte und eine Zigarette rauchte, eine schwarze, prall gefüllte Umhängtasche zu ihren Füßen. War die Bischoff etwa schon im Krankenhaus?

„Also dann, schießen Sie mal los“, sagte Gruber zu dem Beamten.

„Na ja, hier hat er gelegen, der arme Teufel“, erwiderte der Beamte und trat dabei einen Schritt zurück. „Hier vorm linken Kotflügel, zusammengekrümmt und die Hände vorm Bauch. Und mit einem Gesichtsausdruck, der mir jetzt noch wehtut.“

„Heißt das, er hat noch gelebt, als Sie angekommen sind?“

Der Beamte schüttelte den Kopf. „Kein Puls, kein Atem, nichts. Das hat dann auch der Notarzt festgestellt, der gleich nach uns gekommen ist. Da war definitiv nichts mehr zu machen. Sie haben ihn trotzdem aber noch ins Krankenhaus geschafft.“

„Und welcher Art waren seine Verletzungen?“

„Na ja, äußerlich war ihm kaum was anzumerken. Wahrscheinlich war innerlich alles zerquetscht. Aber jetzt raten Sie mal, was er getragen hat?“

„Was er getragen hat?“, wiederholte Gruber und blickte den Beamten verblüfft an. „Woher soll ich das wissen?“

„Sie werden es kaum glauben, aber der Tote hat unter seinem Pullover eine kugelsichere Weste angehabt.“

„Was?“ Gruber schüttelte verwirrt den Kopf. Das wurde ja immer bunter. Erst ein Mordanschlag mitten in der Stadt, und jetzt hatte das Opfer offensichtlich auch noch damit gerechnet. Wir sind doch hier nicht bei der Mafia, dachte er, wir doch nicht. Er blickte erneut in die Runde, doch von Bischoff immer noch keine Spur. Er wurde langsam ärgerlich.

„Wissen wir schon, um wen es sich handelt?“, fragte er den Beamten. „Hatte er seinen Ausweis bei sich?“

„Seine Brieftasche und sein Handy hat Ihre Kollegin schon an sich genommen ...“

„Ach so? Wo steckt die überhaupt?“

„Da war eine junge Frau, aus einem der Häuser dort drüben, die kam hier angerannt und ist total ausgeflippt. Vielleicht die Tochter des Toten, dem Alter nach. Der Arzt hat ihr eine Beruhigungsspritze verpasst und die Frau Kommissarin hat sie dann zurückgebracht.“

„Verstehe. Gibt es Zeugen? Wer hat ihn denn gefunden?“

Der Beamte drehte sich zur Seite und wies mit dem Daumen auf die Frau mit der Zigarette. „Die Dame dort hat uns alarmiert. Sie trägt hier die Zeitungen aus und hat ihn liegen gesehen. Sonst hat niemand etwas beobachtet. Jedenfalls hat sich bis jetzt keiner gemeldet.“

„Irgendwelche Hinweise auf das Tatfahrzeug?"

„Auch Fehlanzeige ..."

„Wir wissen also nicht mal, um welches Fahrzeug es sich handelt?"

Der Beamte schüttelte den Kopf. „Ich habe der Frau Kommissarin trotzdem geraten, eine Fahndung in die Wege zu leiten", sagte er dann. „Ich meine, manche Kollegen haben einen Blick, einen sechsten Sinn für so was. Und jetzt, wo kaum mehr Verkehr herrscht ..."

Gruber nickte nachdenklich. „Ja, da ist was dran."

„Und die Spurensicherung ist auch schon unterwegs. Die Frau Kommissarin hat gemeint, sie möchte die ganze Straße absuchen lassen, für alle Fälle."

„Na gut." Gruber wandte sich ab und ging zu der Zeitungsausträgerin, die bei seinem Näherkommen ihre Kippe fallen ließ und mit dem rechten Schuh ausdrückte. Gruber streckte seine Hand aus und sagte „Guten Abend. Ich bin Hauptkommissar Gruber."

Die Frau ergriff die Hand und erwiderte mit dünner Stimme. „Hallo. Mein Name ist Monika Graf."

„Muss ja ein ziemlicher Schock für Sie gewesen sein?"

Die Frau nickte nur.

„Haben Sie den Toten zufällig gekannt?"

„Sein Name war Dieter Leschnik.“ Die Frau machte eine Kopfbewegung zu der Villa schräg hinter ihr. „Da drin hat er gewohnt, oben im ersten Stock, zusammen mit seiner Frau oder Freundin. Die war auch kurz hier unten …“

Leschnik! Der Name kam Gruber vage bekannt vor. Hatte es zu seiner Gymnasialzeit nicht mal einen Arzt oder Professor gleichen Namens in der Stadt gegeben?

„Und Ihnen ist vorher nichts aufgefallen?“, fragte er weiter. „Ein Wagen vielleicht, der ziellos rumgekurvt ist, oder jemand, der in einem geparkten Wagen gesessen hat?“

Die Frau schüttelte den Kopf, holte aus ihrer Jackentasche eine Packung Zigaretten und ein Feuerzeug und steckte sich eine weitere Kippe an. Sie nahm ein paar hastige Züge, sagte dann: „Wissen Sie, wenn ich meine Runde drehe, mache ich das so schnell wie möglich. Ohne mich viel umzuschauen.“

„Verstehe … War er noch ansprechbar, als Sie bei ihm waren?“

„Nein.“

Über der Schulter der Zeitungsausträgerin sah Gruber, wie Bischoff aus dem Haus und auf ihn zukam. Wie üblich tiptop gekleidet, dezent geschminkt und ohne eine Spur von Müdigkeit im Gesicht.

„Sie können dann nach Hause gehen“, sagte Gruber zu der Zeitungsausträgerin. „Hinterlassen Sie bei den Kollegen nur Ihre Adresse. Wir melden uns dann gegebenenfalls."

Die Frau nahm wortlos ihre Tasche und wandte sich den Streifenpolizisten zu, und Gruber konzentrierte sich auf Bischoff.

„Gut, dass du hier bist. Den Kollegen Schmidinger habe ich schon verständigt", sagte Bischoff statt einer Begrüßung.

„Wieso das denn?" Edwin Schmidinger war Chef der Salzburger Kripo und mit Gruber gut bekannt.

„Wirst du gleich erfahren. Leschniks Freundin weiß, wer dahintersteckt ..."

„Du meinst also, es war wirklich Mord?"

„Todsicher. Und der Auftraggeber sitzt in Salzburg. Kommst du?" Mit diesen Worten drehte sie sich um und lief zum Haus zurück. Gruber blickte ihr kopfschüttelnd nach, ehe er in normalem Schritttempo folgte. Er dachte daran, was ein Kellner einmal zu ihm gesagt hatte: Ein guter Ober dürfe niemals laufen, egal, wie voll der Laden oder wie nervig die Gästen seien. Neben der massiv hölzernen Eingangstür waren zwei Namensschilder und zwei Briefkästen angebracht: Leschnik/Zeller und A. Beuschl.

3

„Sie ist im Bad, kommt aber gleich. Dann kann sie es dir selbst erzählen", sagte Bischoff, nachdem Gruber die Wohnung betreten und die Tür hinter sich zugemacht hatte. Gruber nickte und ging hinter Bischoff ins geräumige Wohnzimmer, das allerdings mehr einer Bibliothek als einem der üblichen Fernsehzimmer mit Schrankwand und Nippes glich. Nichts als Bücher, dazu stapelweise Zeitschriften und etwa vierzig Aktenordner, gefüllt mit Zeitungsausschnitten, wie Gruber feststellte.

„Scheint ja ein echter Bücherwurm gewesen zu sein", sagte er verwundert. „Wer sollte so jemanden denn umbringen?"

„Er hat nicht nur gelesen. Er hat auch geschrieben. Er war Journalist. Jedenfalls bis vor ein paar Jahren."

„Fürs Tagblatt?"

„Das nicht gerade. Er war eine echte Berühmtheit ..." Bischoff griff nach einem Buch, das auf einem Stapel ganz oben lag und hielt es Gruber unter die Nase. Der Titel lautete „Krieg in Europa. Was in Jugoslawien wirklich geschah", das Coverfoto zeigte einen hageren, fast kahlköpfigen, etwa fünfzigjährigen Mann mit Adlernase, der mit einer Kamera in der Hand eine menschenleere, augenscheinlich ausgebombte Straße entlangging. Der Autor höchstpersönlich? Gruber nahm das Buch entgegen und schlug es auf. Tatsächlich zeigte das Bild Dieter Leschnik in Sarajevo, aufgenommen im Oktober 1996.

„Und der hat hier in Traunstein gewohnt?", fragte er.

„Erst seit Kurzem. Aber er ist hier geboren und aufgewachsen. Deswegen vielleicht ..."

Gruber blätterte ein paar Seiten um, bis er weitere Fotos fand. Auf einem saß Leschnik auf dem Beifahrersitz eines Jeeps, mit nachdenklicher Miene und einem Notizblock auf den Knien. Neben ihm stand ein dunkelhaariger, forsch dreinblickender jüngerer Mann, ein Fernglas umgehängt und eine ausgebreitete Straßenkarte in den Händen. Der Reporter und sein Scout im Feindesland, dachte Gruber unwillkürlich.

„Wieso ist sie eigentlich nicht mit ins Krankenhaus?", fragte er zwischendurch. „Ich meine, auch wenn er schon tot war ..."

Bischoff zuckte mit den Schultern. „Frag mich was Leichteres."

Gruber klappte das Buch zu, legte es zurück und musterte die Frau, die soeben das Zimmer betreten hatte. Leschniks Freundin war eine etwas pummelige, überaus hübsche Blondine und wesentlich jünger, als Gruber erwartet hatte. Er schätzte sie auf maximal Ende dreißig. Die Frau nahm Gruber kaum zur Kenntnis, drückte sich wortlos an ihm vorbei und warf sich auf die Couch. Gruber rieb sich unschlüssig die Hände und blickte fragend zu Bischoff.

„Frau Zeller, das ist mein Kollege, Hauptkommissar Gruber“, sagte Bischoff.

Die Frau nickte nur, zupfte an ihrem Hausmantel und starrte mit verweintem Gesicht weiter ins Leere.

„Tut mir leid, das mit Ihrem Freund“, sagte Gruber. „Aber Sie können sicher sein, dass wir alles tun werden, um die Sache aufzuklären.“

Die Frau sagte nichts.

„Sie haben meiner Kollegin gesagt, es könnte Mord gewesen sein und Sie wüssten, wer dahintersteckt?“, fuhr Gruber fort.

„Ich habe ihm gesagt, er soll hier bleiben“, erwiderte die Frau, ohne Gruber dabei anzusehen. „Aber er wollte ja nicht.“

„Hier bleiben? Wieso denn?“

„Die haben ihn doch rausgelockt, die Schweine. Mit einem Anruf. Er sollte irgendwohin kommen.“

„Aber Sie wissen nicht, wohin?“

„Nein.“

„Und der Anrufer?“

„Keine Ahnung.“ Die Frau schüttelte den Kopf

und warf Gruber einen ersten Blick zu. Ihre Miene verriet nichts. Sie schniefte, und presste dann hervor: „Aber er war seit Monaten hinter diesem Salzburger Zuhälter her, diesem Melzer."

„Und weswegen?"

„Wegen seiner Nichte."

„Seiner Nichte?", wiederholte Gruber verständnislos.

„Ja."

Bevor Gruber nachhaken konnte, vergrub die Frau ihr Gesicht in den Händen und begann leise zu schluchzen. Gruber und Bischoff wechselten einen Blick. Bischoff machte eine Kopfbewegung zu der halb offenstehenden Tür zur Küche.

„Sie sagt, die Frau wurde Ende November letzten Jahres ermordet", erklärte Bischoff dann zwischen Tisch und Kühlschrank mit halblauter Stimme. „In ihrer Salzburger Wohnung erwürgt, von einem Freier höchstwahrscheinlich. Der Täter wurde bis heute nicht gefasst, aber da das Mädel früher für diesen Melzer anschaffen ging, hat Leschnik den Mann indirekt dafür verantwortlich gemacht. Seitdem hat er versucht, ihm eindeutig kriminelle Machenschaften nachzuweisen."

„Und heute Abend wurde er angerufen und sollte jemanden treffen, der sich als Informant ausgab oder so?", vergewisserte sich Gruber.

„Genau ... Ich meine, was wollen wir mehr? Das war eine klassische Falle, und sie ist perfekt zugeschnappt."

Perfekt ist hier gar nichts, dachte Gruber, sagte aber nichts, um seine Kollegin vorerst nicht zu beunruhigen.

„Also habe ich gleich den Kollegen Schmidinger darüber informiert, der auch sofort zugesagt hat, diesen Melzer festzunehmen", sagte Bischoff weiter.

Sie hörten, wie Leschniks Freundin sich kräftig die Nase putzte, und gingen zurück ins Wohnzimmer. Alexandra Zeller saß nun aufrecht auf der Couch, ein zerknülltes Papiertaschentuch in der Hand, den Blick zu Boden gerichtet.

„War er diesem Melzer denn so dicht auf den Fersen?", wandte sich Gruber erneut an Alexandra Zeller.

Die Frau machte ohne aufzublicken eine wegwerfende Handbewegung. „Ich weiß nicht. Eigentlich nicht. Hat er jedenfalls gesagt."

„Und wurde er deswegen schon mal bedroht? Oder Sie vielleicht?"

„Nein."

„Es gab also überhaupt keine Vorzeichen, nichts, was diesen Anschlag heute Abend angekündigt hätte?"

„Nein, ich glaube nicht."

Dieses Mal war es Gruber, der in Richtung Küche deutete. Er schloss die Tür hinter sich und sagte zu seiner Kollegin: „Tut mir leid, wenn ich deinen Eifer bremsen muss, aber überleg doch mal. Das ist doch lächerlich, findest du nicht? Ich meine, kein Mensch mit einem Funken Verstand versucht doch, auf eine derart plumpe und dann auch noch so offensichtlich kriminelle Weise einen Verfolger auszuschalten. Und dann auch gleich umzubringen. Da gäbe es doch tausend andere Möglichkeiten. Und wie du gehört hast, wurde er vorher nicht mal bedroht."

„Vielleicht war er näher an dem Kerl dran, als sie weiß? Oder als er es selbst gewusst hat?"

„Und wenn schon ..."

„Dann war es vielleicht so, dass der Anschlag gar nicht tödlich gemeint war. Dass Leschnik vielleicht nur gewarnt werden sollte, und die Sache einfach schiefgelaufen ist."

„Wie denn?"

Bischoff zuckte mit den Schultern. „Mein Gott, vielleicht, weil der Fahrer kein Profi war. Oder weil Leschnik falsch reagiert hat."

„Ich rede erst mal mit Schmidinger", sagte Gruber. „Mal sehen, was der dazu zu sagen hat."

Gruber ging ins Treppenhaus hinaus, holte sein

Handy aus der Jackentasche und tippte Schmidingers Nummer ein.

Schmidinger war sofort am Apparat. „Habe schon auf deinen Anruf gewartet“, sagte er. „Leider habe ich schlechte Nachrichten. Sieht ganz so aus, als wäre unser Freund schon untergetaucht. Jedenfalls war er weder zuhause noch in dieser Discothek am Flughafen, wo er sein Büro hat. Aber weit kommt er nicht, das kann ich dir versichern. Und bei euch, habt ihr schon eine Spur von dem Autokiller?“

„Schön wäre es. Aber wir wissen bis jetzt ja nicht einmal, was für einen Wagen er fährt, von einer Personenbeschreibung ganz zu schweigen ... Was ist denn das überhaupt für einer, dieser Melzer?“

„Er besitzt im Großraum Salzburg ein paar Discotheken, Spielhallen und Bordelle. Und er mischt im Drogen- und Menschenhandel mit, soviel wir wissen, mit besten Beziehungen zur osteuropäischen Mafia. Nur konnten wir ihm bislang nichts Gravierendes nachweisen.“

„Also ein ziemlich cleverer Typ, wenn ich dich richtig verstehe?“

„Absolut.“

„Und so einer erteilt einen Mordauftrag, obwohl er weiß, dass dann alle Welt mit dem Finger auf ihn zeigt. Irgendwie schwer zu glauben, finde ich.“

Schmidinger lachte heiser. „Tja, was weiß ich, wie

so ein Gangsterschädel tickt“, sagte er dann. „Ich halte mich vorerst nur an die Fakten, die mir deine Kollegin übermittelt hat. Und die sprechen nun mal eindeutig gegen ihn, würde ich sagen, oder bist du anderer Meinung?“

„Ein wenig schon, offen gesagt.“

„Warten wir doch einfach ab, bis wir ihn haben. Dann wird er schon auspacken.“

„Hast du zufällig schon versucht, ihn telefonisch zu erreichen?“, fragte Gruber. „Nur für alle Fälle.“

„Klar doch. Geht aber keiner ran. Ich habe nur seinen Anwalt erreicht ...“

„Okay. Noch eine letzte Frage: Hast du den Toten, diesen Dieter Leschnik, zufällig gekannt?“

„Habe ich“, erwiderte Schmidinger. „Er war zwei- oder dreimal bei mir im Büro und hat mir jede Menge Fragen gestellt. Ich konnte ihm aber nicht viel weiterhelfen, schätze ich.“

„Tja ...“

„Hm, wann kommst du rüber? Ich meine, du kommst doch rüber, oder?“

Gruber überlegte kurz. Er war wieder voll aufgedreht und an Schlaf war vorläufig ohnehin nicht zu denken. „Hm, wie wäre es mit jetzt gleich ...?“

„Gute Idee. Ich schick dir einen Wagen zur Grenze. Die lotsen dich dann dorthin, wo wir gerade aktiv sind.“

„Okay, bis gleich dann."

Gruber ging die Treppe hinunter und tippte Ingrids Nummer ein. „Kann spät werden oder besser gesagt: früh", sagte er. „Ich muss noch nach Salzburg."

„Pass auf dich auf, okay?"

4

Als Gruber aus dem Haus trat, hörte er im Osten der Stadt Sirenen. Die Feuerwehr, ganz eindeutig. Er holte erneut sein Handy heraus und tippte die Nummer der Rettungsleitstelle ein. Er hatte so eine Ahnung, dass das Ausrücken der Feuerwehr mit ihrem Fall zu tun hatte.

„Rettungsleitstelle hier."

„Hier Hauptkommissar Gruber von der Kripo. Ich habe eben die Sirenen gehört. Was ist passiert?"

„In einem Waldstück neben der Straße nach Neukirchen hat ein Anwohner angeblich einen ausgebrannten Pkw entdeckt. Aber warten Sie kurz, Herr Kommissar, ich frage gleich nach. Die müssten ja jeden Augenblick dort sein, wenn die Angaben richtig waren."

Gruber stöhnte auf. Ein ausgebrannter Wagen und somit alle Spuren zerstört! Also hatte Bischoff doch Recht. Hier war ein Profi unterwegs. Trotzdem erschien ihm das Ganze weder logisch noch schlüssig. Er machte ein paar Schritte, wich dabei einem Kollegen von der Spurensicherung aus, der mit einer starken Taschenlampe den Gehsteig ableuchtete. Ein weiterer Beamter war auf der anderen Straßenseite ebenfalls auf der Suche. Reine Zeitverschwendung, dachte Gruber.

„Herr Kommissar?“, meldete sich der Mann von der Rettungsleitstelle wieder.

„Ja?“

„Die Meldung hat sich bestätigt. Völlig ausgebrannt, der Wagen ...“

„Was für ein Modell?“

„Moment ... Ein Subaru Kombi, Modell Forester. Farbe grau. Mit Salzburger Kennzeichen übrigens.“

Und garantiert gestohlen, dachte Gruber. „Okay, hören Sie jetzt gut zu“, sagte er. „Der Wagen wurde höchstwahrscheinlich für ein Verbrechen benutzt und ist somit beschlagnahmt. Also achten Sie darauf, dass nichts verändert wird. Wir holen das Fahrzeug gleich ab.“

„Alles klar, Herr Kommissar.“

Gruber winkte den schnauzbärtigen Streifenpolizisten zu sich und gab ihm die Order, sich umgehend um den Subaru zu kümmern. Dann trabte er um die Ecke zu seinem Wagen, stieg ein und fuhr los. Er überlegte kurz, ob er sich das ausgebrannte Fahrzeug anschauen sollte, entschied sich aber dagegen. Die nächste Frage war: Sollte er die Autobahn nehmen oder die B 304 über Teisendorf und Freilassing. Er wählte die Bundesstraße, schon deswegen, weil ihm zu viel durch den Kopf ging und er sich beim Fahren etwas Zeit lassen wollte. Sowie er die Stadt hinter sich gelassen hatte, auf der Höhe von Surberg, nahm er sein Handy vom Beifahrersitz und gab nochmals Schmidingers Nummer ein.

„Ich schätze, wir haben den Wagen des Täters", sagte er. „Ein Subaru Kombi mit Salzburger Kennzeichen, am Stadtrand in Brand gesetzt."

„Der Kerl verliert keine Zeit, was?"

„Sieht ganz danach aus."

„Aber ihr habt doch eine Fahndung eingeleitet, oder?"

„Klar doch. Ich habe es zwar nicht persönlich angeordnet, aber ich nehme an, dass die Kollegen in den nächsten Stunden alles, was sie an männlichen Personen zwischen zwanzig und fünfundsechzig zu sehen kriegen, ob zu Fuß, mit dem Fahrrad oder im Auto unterwegs, kontrollieren werden."

„Hoffentlich sind sie auch vorsichtig dabei ..."

„Das hoffe ich auch."

Gruber wechselte noch ein paar belanglose Worte mit Schmidinger und konzentrierte sich dann wieder aufs Fahren. Trotz der Aufregung fühlte er sich plötzlich furchtbar müde und schlapp. Ich hätte noch einen Kaffee trinken sollen, ich Idiot, dachte er.

Zum Glück fand er im Handschuhfach eine CD, die ihm zusagte: Den Soundtrack zu dem Film „Die Wonderboys". Am Ortsrand von Oberteisendorf, bei den letzten Klängen von Bob Dylans „Things have changed", sah er einen jungen Mann am Straßenrand stehen, den Daumen im Wind. Er zögerte kurz, immerhin war er dienstlich unterwegs. Aber dann dachte er daran, wie oft er selbst per Anhalter gefahren war, wie oft er mit seinem Schulfreund Schott kreuz und quer durch Deutschland getrampt war, setzte den Blinker und hielt an. Der Mann kam angelaufen, öffnete die Beifahrertür und blickte Gruber erwartungsvoll an.

„Fahren Sie zufällig nach Freilassing?"

Gruber nickte nur.

„Oh, klasse. Ich hab schon gedacht, ich muss wieder zurück und klein beigeben."

Gruber nahm das Handy vom Sitz und steckte es in seine Jackentasche, der Mann nahm Platz und schloss die Tür. Gruber fuhr wieder los.

„Ärger mit der Freundin?", fragte er, nachdem er die Lautstärke des CD-Players etwas heruntergedreht hatte.

„Genau." Der Mann grinste. „Echt fies, sage ich Ihnen, wie man manchmal behandelt wird, wenn man kein eigenes Auto hat."

„Brauchen Sie denn keines?"

„Nein. Ich studiere noch ..."

Gruber warf dem Mann einen Blick zu. So jung, wie er beim ersten Anblick gedacht hatte, war der

Kerl gar nicht. Er schätzte ihn jetzt auf mindestens dreißig.

„Und was studieren Sie, wenn ich fragen darf?"

„Na ja, eigentlich habe ich mal studiert. Erst Sozialpädagogik, dann ein paar Semester BWL. Hat aber nichts gebracht. Jetzt bin ich freiberuflich tätig ..."

Gruber wartete, ob Näheres nachfolgte, was aber nicht der Fall war. Also verzichtete er auf weitere Fragen, und auch sein Fahrgast blieb für die nächsten drei, vier Kilometer stumm.

„Sagen Sie, glauben Sie an Gott?", fragte der Mann dann unvermittelt.

„Was?" Gruber glaubte, nicht richtig gehört zu haben. Gleichzeitig lief es ihm eiskalt den Rücken hinunter. Was hatte dieser Freak im Sinn? Ihm ein Rendezvous mit Gott zu verschaffen? Er nahm unwillkürlich die rechte Hand vom Lenkrad und schob sie in Richtung der Heckler & Koch an seiner Hüfte.

„Ich meine, ob Sie ein gläubiger Mensch sind? Ein echter Christ und nicht nur ein gelegentlicher Kirchgänger, so wie die meisten?"

„Wieso möchten Sie das wissen?"

„Es interessiert mich nur. Ich finde, jeder Mensch sollte einen starken Glauben haben. Gerade in Zeiten wie diesen."

Gruber entspannte sich wieder. Es dauerte dennoch eine Weile, bis er eine Antwort parat hatte. „Ich möchte es mal so ausdrücken“, sagte er bedächtig. „Ich glaube, dass es ein Leben nach dem Tod gibt. Nämlich das Leben der anderen. Diese Weisheit stammt zwar nicht von mir, aber sie gefällt mir trotzdem. Sehr sogar.“

„Macht Sie das nicht traurig?“

„Was? Dass ich nicht an den Himmel glaube?“

„Ja. Dass Sie die Liebe, die Ihnen der Allmächtige entgegenbringt, einfach so verschmähen ...“

Das Klingeln seines Handys ersparte Gruber eine Antwort. Es war Schmidinger, der ihm mitteilte, dass ein Streifenwagen am Grenzübergang auf ihn warten würde, um ihn zu einem Nachtclub südlich von Salzburg zu lotsen. Mit Blaulicht selbstverständlich.

„Jetzt sagen Sie bloß, Sie sind noch beruflich unterwegs“, sagte der Mann, sowie Gruber das Gespräch beendet und sein Handy wieder eingesteckt hatte.

„Allerdings“, erwiderte Gruber.

„Und was machen Sie da so, wenn ich fragen darf?“

„Ich helfe Ihrem lieben Gott bei der Herstellung von Frieden und Gerechtigkeit auf Erden“, sagte Gruber und drehte die Musik wieder lauter. „Und wenn Sie weiter mitfahren wollen, dann halten Sie ab jetzt die Klappe, okay?“

5

Gruber war kaum aus seinem Wagen gestiegen, da kam Schmidinger auch schon auf ihn zugeeilt. Ein vierschrötiger Mann mit einem fülligen, rosigen Gesicht, der mit seinem grünen Lodenmantel und dem breitkrempigen Filzhut eher wie ein trinkfreudiger Dorfbürgermeister aussah, als wie ein gewiefter Kriminalbeamter. Er war ein paar Jahre jünger als Gruber, und soviel Gruber wusste, ebenfalls geschieden, aber kinderlos. Und da er sich bislang immer als sehr kooperativ erwiesen hatte, erwartete Gruber auch in diesem Fall keine unnötigen Schwierigkeiten.

„Schön, dich zu sehen, Andreas“, sagte er und reichte Gruber die Hand. „Du kommst genau richtig. Ein paar Minuten noch, dann steigt die Party.“

„Heißt das, ihr wisst jetzt, wo er steckt?“

„Das nicht gerade. Aber vielleicht kriegen wir gleich jemanden in die Finger, der uns genau diese Frage beantworten kann.“

Gruber folgte Schmidinger, entlang an ein paar Einsatzfahrzeugen der Salzburger Polizei, um die Ecke, wo sie freien Blick auf das Objekt hatten, das Schmidinger zu stürmen im Begriff war. Es war ein längliches, zweistöckiges, ziemlich marode wirkendes Gebäude, augenscheinlich eine ehemalige

Fabrik, die nun einen Nachtclub inklusive Bordell beherbergte, wie Schmidinger ihm während der Anfahrt durch Salzburg noch am Telefon mitgeteilt hatte. Gruber fragte sich, wer sich dort wohl vergnügen mochte. Auf dem Parkplatz standen keine zehn Autos, von einem Mercedes Coupé abgesehen meist Mittelklassewagen älteren Baujahrs, und die Leuchtreklame über dem Eingang war auch ausgefallen. Eine Billigabsteige, keine Frage. Und ausgerechnet hier sollten sie fündig werden?

Schmidinger schien von solchen Gedanken unberührt. Er wedelte aufgeregt mit den Händen und gab sich richtiggehend aufgekratzt.

„Du bist ja in richtig guter Stimmung", wunderte sich Gruber.

„Kann man so sagen. Auf die Gelegenheit, den Laden mal so richtig auf den Kopf zu stellen, habe ich schon lange gewartet."

„Wie viele Leute hast du im Einsatz?"

„Um die dreißig, schätze ich ..."

Bevor er weiterreden konnte, sahen sie zwei jüngere Männer ins Freie treten. Die zwei blieben vor dem Eingang kurz stehen, steckten sich Zigaretten an und gingen dann auf das Mercedes Coupé zu. Betont gemächlich, wie Gruber fand. Fast so, als wollten sie ausdrücken: Wir haben nichts zu verbergen. Als wüssten sie genau Bescheid, was im Gange war.

Er warf Schmidinger einen fragenden Blick zu. Auch ein Beamter in Zivil, der wenige Meter entfernt von ihnen stand, halb verdeckt von einer Mülltonne, sah zu Schmidinger her. Schmidinger machte eine abwehrende Handbewegung, der Sportwagen mit den beiden verließ mit aufheulendem Motor den Parkplatz und war gleich darauf aus ihrem Blickfeld verschwunden.

„Sag mal, diese Geschichte, dieser Prostituiertenmord Ende November letzten Jahres, was genau ist da eigentlich passiert?"

Schmidinger verzog angewidert sein Gesicht. „Mensch, erinnere mich bloß nicht daran. Ich hab zwar immer noch die Hoffnung, dass wir den Kerl eines Tages erwischen, aber du weißt ja selbst am besten, wie das ist, wenn sich nicht gleich zu Anfang was bewegt."

„Sie wurde in ihrer Wohnung erwürgt aufgefunden, habe ich gehört?"

„Genau. Das war aber auch schon alles, was wir gefunden haben. Wie der Kerl reingekommen ist, warum und wieso, alles noch offen ..."

„Wurde sie vorher vergewaltigt oder sonstwie verletzt?"

„Nein, nichts dergleichen."

„Und wer hat sie gefunden?"

„Die Kollegin von ihr, mit der sie sich die Wohnung geteilt hat. Die hat die Nacht bei einem Freier in einem Hotel verbracht, und am Morgen dann die Leiche entdeckt."

„Es gab also auch keine Hinweise darauf, dass dieser Melzer dahinterstecken könnte? Immerhin war der Tod dieser Frau für Leschnik der Auslöser, dem Mann auf die Pelle zu rücken."

„Sie hat in einem seiner Bordelle angefangen, das stimmt, aber mehr auch nicht. Als sie umgebracht wurde, war sie nachweislich schon seit zwei Jahren selbständig. Und es gab auch, soviel wir wissen, in dieser Zeit nie irgendwelche Repressalien von Seiten Melzers. Wir haben ihn natürlich verhört, aber das war reine Routine. Abgesehen davon hatte er ein wasserdichtes Alibi. Nein, das war irgendein Verrückter, der was gegen Nutten hat ... Aber jetzt entschuldige bitte."

Schmidinger zog ein Funksprechgerät aus seiner rechten Jackentasche und sagte: „Alles bereit, Herkules eins?"

Gruber hörte zu, wie Schmidinger nach und nach den Bereitschaftsgrad seiner Kräfte abfragte. Zufrieden damit, gab er den Befehl zum Zugriff, und wenige Sekunden später stürmte ein Dutzend Uniformierter über die Straße, über den Parkplatz und hin zum Eingang. Gruber wollte nicht im Weg stehen und trottete hinterher. Als er den Laden betrat, standen schon alle Gäste aufgereiht am Tresen und wurden der Reihe nach gefilzt. Sieben oder acht Männer recht unterschiedlichen Alters, von denen keiner ein Wort sprach oder gar protestierte. Stammkunden offensichtlich. Eine vollbusige Barfrau stand am Zapfhahn und sah dem Treiben mit unbeteiligter Miene zu. Gruber blieb in der Nähe des Eingangs stehen, seinen Ausweis in der Hand, und wartete ab. Er hatte hier nichts zu melden, und dass Melzer hier zu finden wäre, hielt er für ziemlich unwahrscheinlich. Aber es dauerte keine zwei Minuten, da tauchte Schmidinger in Begleitung einer recht hübschen, dunkelhaarigen, etwa fünfunddreißigjährigen Frau wieder auf.

„Darf ich vorstellen", sagte er zu Gruber. „Natalie Batic, die Geschäftsführerin von diesem reizenden Etablissement."

Gruber sagte brav „guten Abend", aber die Frau blieb stumm. Sie warf Gruber nur einen abschätzenden Blick zu, die Gesichtszüge angespannt.

„Leider hat sie angeblich keine Ahnung, wo sich ihr Chef gerade aufhalten könnte", sagte Schmidinger. „Ist das nicht ein Jammer? Jetzt müssen wir alles so gründlich wie möglich durchsuchen. Entsprechende Kollateralschäden inbegriffen."

„Machen Sie, was Sie wollen", erwiderte die Frau mit leicht osteuropäischem Akzent. „Hauptsache,

Sie verraten mir nachher, wohin ich die Rechnung schicken soll."

„Ist das nicht ein Herzchen, Andreas?"

Gruber nickte nur. Als er hinter sich Unruhe verspürte, drehte er sich um. Er sah einen Mann um die vierzig mit spitzer Nase und zusammengepressten Lippen, bekleidet mit einem blauen Wollmantel und einem weißen Schal, der gerade einen Uniformierten abwehrte und dann mit energischer Geste auf Schmidinger deutete.

„Sagen Sie diesem Herrn hier, dass er mich endlich in Ruhe lassen soll", rief er.

Schmidinger nickte dem Uniformierten zu, und der Neuankömmling trat zu ihnen.

Er verströmte ein teures Parfüm und wirkte ehrlich entrüstet. Er zeigte mit seinem behandschuhten Zeigefinger auf Schmidingers Brust. „Was soll das, Herr Kommissar? Ich habe Ihnen doch schon am Telefon erklärt, warum Herr Melzer es vorzieht, zunächst einmal abzuwarten. Sie werden ihn also weder hier noch andernorts auftreiben. Und mit solchen Wildwestmethoden schon gar nicht."

„Und ich habe Ihnen erklärt, dass mich diese Erklärung nicht interessiert", gab Schmidinger zurück.

„Sie vielleicht nicht, aber garantiert Ihre Vorgesetzten." Der Mann wandte sich Gruber zu und schenkte ihm ein kaum merkliches Lächeln. „Kann es sein, dass Sie Herr Hauptkommissar Gruber von der Traunsteiner Kripo sind? Ich glaube, ich habe Ihr Foto in der Zeitung gesehen."

„Da haben Sie richtig gesehen. Und Sie sind?"

„Mein Name ist Walter Grünfeld. Ich bin Anwalt und vertrete Herrn Melzer."

„Ich würde es bevorzugen, mit ihm persönlich zu sprechen."

„Das kann ich mir denken, Herr Kommissar, aber alles zu seiner Zeit ..."

„Wenn er mit der Sache nichts zu schaffen hat, warum stellt er sich dann nicht und fechtet die Sache legal durch?", sagte Gruber. „Durch seine Flucht macht er sich doch erst recht verdächtig. Und überhaupt, wie hat er so früh von dem Anschlag erfahren, dass er sich noch absetzen konnte?"

„Was Letzteres angeht, bin ich leider überfragt. Aber Herr Melzer verfügt über jede Menge Kontakte, also finde ich das nicht so ungewöhnlich", erwiderte Grünfeld ruhig. „Zum anderen: Herr Melzer hat fürs Erste diesen Weg gewählt, weil er sich schon einmal in einer ähnlichen Situation befand, Ende der neunziger Jahre. Da hat er infolge äußerst schlampig geführter Ermittlungen knapp zehn Monate in Untersuchungshaft verbracht, bevor er wegen Mangel an Beweisen freigesprochen werden musste. Verständlich also, dass er wenig Lust verspürt, dieses Experiment zu wiederholen."

Gruber blickte fragend zu Schmidinger. „Er war damals in eine Schießerei verwickelt gewesen, in einer Kneipe im Bahnhofsviertel", sagte Schmidinger mit gereizter Miene. „Ein Toter und ein Schwerverletzter. Er war einer von denen, die abgedrückt haben, aber wir konnten es ihm nie nachweisen."

Der Anwalt hob warnend die Hand. „Vorsicht, Herr Kommissar. Mit dieser Behauptung sind Sie beziehungsweise Ihre Kollegen schon einmal auf die Nase gefallen. Das Einzige, was feststand, war, dass sich Herr Melzer am Tatort aufgehalten hat. Nicht mehr ..."

„Ja, ja." Schmidinger warf Grünfeld einen wütenden Blick zu und zog sich mit Frau Batic, seine Hand an ihrem Ellbogen, in die Tiefe des Lokals zurück. Grünfeld machte eine Kopfbewegung zur Tür, und sie traten ins Freie. Gruber atmete tief durch und versuchte, seine Gedanken zu sammeln. Was er soeben erfahren hatte, sagte ihm, dass sie diesen Melzer wohl endgültig abhaken konnten. Dass Schmidinger einen Groll gegen den Mann hegte, war klar. Aber als Drahtzieher des Anschlags schied er allem Anschein nach aus. Ein Kerl, der schon einmal gegen eine Mordanklage zu kämpfen gehabt hatte, würde kaum so verrückt sein, es noch einmal darauf ankommen zu lassen. Es sei denn, es ging hier um etwas ganz anderes, um eine Sache, von der er noch keine Ahnung hatte.

Grünfeld schien Grubers Gedanken erraten zu haben. „Jetzt sind Sie wohl schwer enttäuscht, hm?“

„Warten wir es ab“, erwiderte Gruber.

„Wenn Sie mich fragen, war es die Tat eines Trittbrettfahrers“, sagte Grünfeld weiter.

„So? Und wer könnte das gewesen sein?“

„Was weiß ich, ein Kerl eben, der die Situation, also Leschniks Nachforschungen bezüglich Herrn Melzers Geschäfte, ausgenützt hat, um sich schadlos an Leschnik rächen zu können. Herr Leschnik war ja bekannt für seine reißerisch aufgemachten Reportagen, für seine einseitige Art und Weise, die Dinge zu sehen und zu beschreiben. Da macht man sich schnell Feinde. Und wenn dann noch ein so prächtiger Sündenbock wie Herr Melzer vorhanden ist, ist die Versuchung natürlich groß.“

Hübsche Erklärung, dachte Gruber. Der große Unbekannte, natürlich.

„Soviel mir bisher bekannt ist, hat er die letzten Jahre ruhig und zurückgezogen in Traunstein verbracht und an einem Roman geschrieben, ehe er durch den Mord an seiner Nichte Angela wieder aktiv geworden ist“, erwiderte Gruber. „Ein Racheakt alter Feinde ist also nicht gerade wahrscheinlich.“

Grünfeld lächelte wissend. „Manche verstehen es zu warten, bis der Zeitpunkt günstig ist."

„Aber konkrete Namen haben Sie keine?"

Der Anwalt lächelte erneut. „Das wäre ab jetzt Ihr Job, würde ich sagen. Aber eines kann ich Ihnen jetzt schon versichern: Sie werden fündig werden." Mit den letzten Worten wandte er sich zum Gehen, doch Gruber hielt ihn leicht am Arm fest.

„Eine Frage hätte ich noch, Herr Anwalt."

„Bitte, sprechen Sie sich ruhig aus ..."

„Sie haben doch eben zugegeben, dass Sie wussten, dass Leschnik Ihrem Mandanten illegale Geschäfte nachweisen wollte?"

Grünfeld nickte nur.

„Dann haben Sie doch sicher auch versucht, ihn zu stoppen, oder etwa nicht?"

„Erwarten Sie auf diese Frage wirklich eine Antwort?"

„Nun, dann lassen Sie es mich so formulieren: Hatten Sie persönlich Kontakt mit Leschnik?"

Grünfeld schüttelte energisch den Kopf. „Gott bewahre. Sie kennen doch die Tricks der Zeitungsleute. Sie erzählen denen etwas und finden dann genau das Gegenteil davon abgedruckt."

6

Es dämmerte schon, als Gruber nach Hause kam. Ein frostiger Morgen, der einen kalten, aber sonnigen Tag ankündigte. Er ließ den Wagen in der Zufahrt stehen und betrat das Haus, in der Hoffnung, dass ihm eine Diskussion erspart bleiben würde. Er war todmüde, frustriert und absolut nicht in Stimmung, sich jetzt zu erklären. Oder sich gar zu entschuldigen. Dass die Sache in den zwei Tagen bis zu seinem Urlaubsbeginn aufgeklärt werden würde, hielt er für unmöglich. Selbst wenn Schmidinger diesen Melzer zu fassen kriegte, würden zu viele Fragen offen bleiben. Sicher, er könnte den Fall abgeben und alles Schmidinger und Bischoff überlassen, während er sich auf Rhodos vergnügte. Aber so, wie er sich kannte, würde er dabei keine ruhige Minute finden, und deswegen fiel der Urlaub wohl oder übel ins Wasser.

Doch es kam, wie er befürchtet hatte. Als er aus dem Bad trat, stand Ingrid im Nachthemd im Flur, ein Glas Wasser in der Hand, und blickte ihn mit leicht säuerlicher Miene an.

„Wie gesagt, ich war noch in Salzburg drüben", sagte Gruber. „Ließ sich leider nicht vermeiden."

Gruber folgte Ingrid in die Küche, wo bereits die Kaffeemaschine eingeschaltet und auch der Tisch schon gedeckt war, sein Müsli, Obstsalat und ein Glas Milch für ihn bereitstanden. Er setzte sich und unterdrückte ein Gähnen. Er fühlte sich plötzlich sehr schwach. Ingrid schenkte ihm Kaffee ein und setzte sich dann ihm gegenüber. Ihr Blick verriet ihm, dass sie längst ahnte, was kommen würde. Aber würde sie es auch akzeptieren? Gruber trank einen Schluck Kaffee, machte sich über sein Müsli her und wartete ab.

„Und, war es nun ein Mord?“, fragte sie schließlich.

Gruber nickte eifrig. „Allerdings. Sogar mehr als das. Könnte ein eiskalter Auftragsmord gewesen sein. Hast du die Sirenen gehört?“

„Ja.“

„Das war wegen dem Wagen des Killers. Der Kerl hat ihn in einem Waldstück oberhalb von Sparz in Brand gesetzt und ist dann mit was auch immer weiter geflüchtet.“

Ingrid schüttelte ungläubig den Kopf. „Ein Auftragsmord, hier in Traunstein? Und wer ist das Opfer?“

„Ein Journalist und ehemaliger Kriegsberichterstatter. Ein gebürtiger Traunsteiner übrigens, ein paar Jahre älter als ich. Hat sich scheinbar ein paar Feinde mehr geschaffen, als er sich leisten konnte.“

„Und wie geht es jetzt weiter?“

Gruber zuckte mit den Schultern. „Wird nicht einfach werden. Wir haben zwar einen Verdächtigen, der als Auftraggeber in Frage kommt, der es aber partout nicht gewesen sein möchte. Und solange wir ihm nicht das Gegenteil beweisen können, wird uns nichts anderes übrigbleiben, als das Vorleben des Opfers zu durchleuchten. Und das kann dauern, fürchte ich."

„Mit anderen Worten, der Urlaub fällt aus."

Gruber versuchte ein Lächeln. „Was soll ich machen, ich bin nun mal der Sheriff in dieser Stadt. Und du weißt ja, wie diese Zeitungsgeier reagieren, wenn es einen von ihnen erwischt, noch dazu in einer Umgebung, wo keiner mit so etwas rechnet. Also werden mir alle möglichen Leute verdammt genau auf die Finger schauen. Dieser Fall muss einfach aufgeklärt werden, und zwar so rasch wie möglich."

„Und wo bleibe ich dabei?"

„Kannst du nicht allein für ein paar Tage wegfahren? Nach Wien zum Beispiel, dir mal in aller Ruhe die ganzen Sachen anschauen, wo ich Kunstbanause ohnehin fehl am Platz wäre."

„Toller Vorschlag."

„Oder, was weiß ich, vielleicht ..."

„Ach Scheiße." Ingrid erhob sich abrupt und verschwand in den Flur hinaus. Gruber schob seinen Teller zurück und starrte ins Leere. Sie hatten bislang kaum gestritten und es tat ihm weh, sie verletzt und wütend zu sehen. Aber er wusste, dass er den Fall nicht abgeben würde. Er stand auf, ging noch einmal ins Bad, um sich die Zähne zu putzen, und stieg dann die Treppe hoch ins Schlafzimmer. Ingrid lag schon im Bett, ein Buch in der Hand. Gruber zog sich wortlos aus, schlüpfte in seinen Schlafanzug und stellte den Wecker auf neun Uhr. Dann legte er sich ins Bett, zog sich das Kissen über den Kopf und schloss die Augen. Nach ein paar Minuten hörte er, wie Ingrid ihr Buch zuklappte und auf dem Nachttisch ablegte.

„Und wieso könnt ihr eurem Verdächtigen nichts anhaben?", fragte sie unvermutet und mit relativ neutraler Stimme, wie Gruber fand.

Gruber drehte sich zu Ingrid. Auch wenn er sich im Moment nichts sehnlicher wünschte, als Schlaf zu finden, war er doch froh darüber, sich weiter aussprechen zu können. Auf seinen Ellbogen gestützt, sagte er: „Erstens, weil der Mann untergetaucht ist, und zweitens, weil er meiner Meinung nach verdammt blöd sein müsste, wenn er wirklich dahinterstecken sollte."

„Aha. Und wer ist das?"

„Ein gewisser Richard Melzer. Er soll laut Kollege Schmidinger so was wie der Halbweltkönig von Salzburg sein."

„Richard Melzer", wiederholte sie nachdenklich. „Und wie alt ist der?"

„Weiß ich gar nicht genau. Wieso?"

„Hm, ich weiß nicht ..." Ingrid verzog das Gesicht. „Vielleicht täusche ich mich, aber es könnte sein, dass ich den Typ kenne. Dann müsste er aber mindestens um die sechzig sein."

Gruber fuhr in die Höhe und blickte Ingrid perplex an. „Was? Woher denn?"

„Von Waging her, vom Seestadl. Der schöne Richie aus Salzburg." Sie lächelte müde. „Jedenfalls würde das zu ihm passen: Halbweltkönig von Salzburg. Der war damals schon ein echt zwielichtiger Typ. Hatte immer ein paar Figuren um sich, die ihm quasi aus der Hand gefressen haben. Mädels wie Jungs."

„Und weiter?", drängte Gruber.

„Mein Gott, das ist jetzt vierzig Jahre her, so genau weiß ich das nicht mehr. Er war halt jedes Wochenende da und hat seine Show abgezogen. Hat so getan, als ob der Laden ihm gehörte und wir Landeier froh sein dürften, dass er überhaupt mit uns spricht. Außerdem war er ein ziemlicher Kontrollfreak, soweit ich mich erinnern kann. Ich habe ihn jedenfalls nie bekifft oder betrunken erlebt. Aber er hatte jede Menge Connections und konnte einem alles besorgen."

„Dann scheinst du ihn ja recht gut gekannt zu haben?“

Das Gesicht der Frau verdunkelte sich. „Was willst du damit sagen?“

„Nichts. Ich wundere mich nur. Ich meine, ich war damals ja auch häufig dort, wie du weißt. Und mir sagt der Name absolut nichts.“

„Du warst ja auch ein braver Junge, oder?“

„Du musst es ja wissen ...“

„Ich hatte nichts mit ihm, wenn du das meinst. Für was hältst du mich eigentlich?

Glaubst du vielleicht, ich bin damals mit jedem ins Bett gehüpft?“

Gruber schüttelte nur den Kopf und schwieg. Er war mehr als glücklich mit Ingrid und hatte überhaupt keinen Grund, sie zu provozieren oder den Beleidigten zu spielen, aber manchmal schmerzte es ihn doch, dass Ingrid ihn damals zurückgewiesen hatte. Dass sie sich lieber mit Drogendealern wie diesem Melzer herumgetrieben hatte. Oder mit dieser Einbrecher-Clique um diesen Roth, die ihnen vor einem Jahr nachträglich noch so viel Ärger bereitet hatte. Dass sie nichts ausgelassen hatte, ganz im Gegensatz zu ihm. Dennoch musste er unwillkürlich schmunzeln: Wie hatte sein Freund Schott gleich gesagt: Wenn wir gewusst hätten, dass wir so alt werden, hätten wir gesünder gelebt.

„Was ist?“, fragte Ingrid, der sein Stimmungsumschwung nicht entgangen war.

„Nichts ...“

„Ich hab ihn übrigens vor ein paar Jahren wiedergesehen“, sagte sie dann. „Beim Bob-Dylan-Konzert in der Salzburgarena.“

„Hey, da war ich auch.“

„Echt? Komisch, dass wir nie darüber gesprochen haben. Und, hat es dir gefallen?“

Gruber grinste befreit. „Klar, sehr sogar. Auch wenn ich meist keinen blassen Schimmer hatte, was er gerade gespielt hat.“

„Ging mir genauso ...“ Auch Ingrid lächelte wieder.

Gruber zog sie an sich und sagte: „Tut mir leid, meine Bemerkung von vorhin. Du bist mir keine Rechenschaft schuldig und ich habe keinen Grund, dir Vorwürfe zu machen.“

Sie umarmten und küssten sich. Gruber vergaß seine Müdigkeit und gab sich der Frau hin. Scheiß auf die Vergangenheit. Was zählte, war das hier und jetzt. Und da konnte er sich wahrlich nicht beklagen.

„Und, hast du damals auch mit ihm gesprochen?“, fragte er dann, während Ingrids Kopf mit dem Gesicht nach unten noch auf seinem Bauch ruhte.

Ingrid richtete sich auf und wischte sich mit dem Handrücken den Mund ab.

„Nein, und warum auch?", erwiderte sie. „Er hat mich nicht erkannt, und von mir aus wollte ich auch nichts sagen. Aber er hat einen ziemlich zufriedenen Eindruck gemacht."

„War er allein da?"

„Nein, sie waren zu viert. Zwei aufgetakelte Tussis Mitte zwanzig und so ein geschniegelter Typ, den ich für einen Anwalt oder so gehalten habe. Ach ja, und eines muss ich dir noch sagen: Dumm ist der Richie nicht. Da müsste er sich schon gewaltig verändert haben."

„Hm, genau das habe ich befürchtet!"

7

Es war Ingrid, die Gruber weckte. Er wälzte sich herum, rieb sich die Augen und nahm sein Handy entgegen. Staatsanwältin Dr. Werner war am Apparat. „Ich weiß, Sie haben die Nacht durchgearbeitet, aber wir haben für zehn eine Pressekonferenz angesetzt, bei der ich Sie unbedingt dabei haben möchte."

Gruber blickte zum Wecker auf dem Nachttisch. Fünf vor neun. Er atmete erleichtert aus.

„Kein Problem", erwiderte er. „Gibt es Neuigkeiten?"

„Ich habe eben mit Ihrem Kollegen Schmidinger telefoniert. Dieser Herr Melzer ist nach wie vor nicht erreichbar. Aber sein Anwalt, ein gewisser Walter Grünfeld, soll sich auf dem Weg nach Traunstein befinden. Soviel ich weiß, haben Sie den Herrn bereits kennengelernt."

„Habe ich, ja."

„Und?"

„Ein aalglatter Typ, aber mit einigen guten Argumenten, wie Sie feststellen werden. Und sonst?"

„Die Kollegen von der Schutzpolizei haben über zweihundert Personen kontrolliert, leider ohne Erfolg. Eine Festnahme wegen eines Drogendelikts und drei Anzeigen wegen diverser Vergehen, das war alles. Und die Spurensicherung in der Leonrodstraße ist bislang auch ergebnislos ausgefallen."

„Okay, dann bis gleich."

Gruber legte das Handy auf den Nachttisch zurück, stand auf und zog seinen Schlafanzug aus. Er schlüpfte in die Hose und folgte Ingrid wortlos die Treppe hinab und in die Küche, wo auf dem Tisch schon sein zweites Frühstück auf ihn wartete. Er setzte sich, trank eine Tasse Kaffee, schaufelte erneut eine Schale voll Müsli in sich hinein und versuchte nebenbei, sich eine Strategie zurechtzulegen, während Ingrid Socken, Hemd und Sakko heranschaffte. Er glaubte immer weniger daran, dass Melzer hinter dem Anschlag steckte, aber was sollte er der Pressemeute schon anderes sagen. Die wollten zumindest einen Verdächtigen präsentiert bekommen, so viel stand fest. Immerhin war Leschnik einer von ihnen gewesen und prominent dazu, und entsprechend würde der Druck sein. Ingrid verstand seine Sorgen und hielt sich zurück. Er schenkte ihr ein dankbares Lächeln und ging noch kurz ins Bad, um sich zu rasieren. Als er zwanzig Minuten später auf dem Parkplatz aus seinem Wagen stieg, kam eben das Regionalfernsehen an. Ein blauer Kleinbus, dem zwei Personen entstiegen. Er schaffte es gerade noch, der blonden, jungen Dame zu entkommen, die ihn, bewaffnet mit einem Mikrophon und einem messerscharfen Lächeln, einfangen wollte.

Bischoff und Dr. Werner warteten bereits im Treppenhaus auf ihn.

„Vom Bayerischen Rundfunk kommt auch jemand“, sagte Bischoff. „Und vielleicht auch vom ZDF.“

„War zu erwarten“, sagte Gruber. „Bekannt genug war er ja.“

Sie gingen nach oben in Dr. Werners Büro, setzten sich und Gruber erzählte so knapp und rasch als möglich, was er vergangene Nacht in Salzburg erlebt hatte. „Auch wenn du anderer Ansicht bist“, sagte er abschließend zu Bischoff gewandt, „für mich ergibt das Ganze einfach keinen Sinn. Je länger ich darüber nachdenke, umso mehr glaube ich, dass wir mit diesem Melzer auf dem Holzweg sind.“

„Wie wäre es denn, wenn dieser Zuhälter dachte, ganz besonders clever zu sein?“, entgegnete seine Kollegin.

„Und wie?“, fragten Gruber und Dr. Werner gleichzeitig.

„Ganz einfach, vielleicht hat er Leschnik deswegen mit eisiger Gemütsruhe zu Brei fahren lassen, weil er darauf spekuliert, dass wir dann denken, so bescheuert kann doch kein Mensch sein. Gleichzeitig schiebt er die Schuld wahlweise auf andere Feinde von Leschnik oder auf die Konkurrenz, die ihm was anhängen möchte, und schon glaubt er, er ist aus dem Schneider."

„Eine ziemlich waghalsige Konstruktion, würde ich sagen", erwiderte Gruber.

„Das schon, aber vor Gericht würde er damit vermutlich durchkommen, oder was meinen Sie, Frau Dr. Werner?"

„Hm, hat was für sich", sagte die Staatsanwältin nach einer kurzen Pause. „Immerhin haben wir bis jetzt nichts als eine Reihe von Indizien. Und solange die Möglichkeit besteht, dass doch jemand anderer dahinterstecken könnte ..."

„Eben. Und deswegen ..."

Ein Klopfen an der Tür unterbrach sie. Kriminalhauptmeister Ostermayer steckte seinen Kopf ins Zimmer. „Wir wären dann soweit", sagte er.

Gruber erhob sich und folgte Bischoff und Dr. Werner in den Konferenzraum im Erdgeschoss, wo sich bereits an die fünfzehn Journalisten und etliche Kamerateams versammelt hatten. Sie setzten sich an den Tisch und Dr. Werner übernahm das Wort. Sie trug kurz die Fakten vor, angefangen mit dem Auffinden der Leiche von Dieter Leschnik über Alexandra Zellers Hinweis auf den flüchtigen Richard Melzer – von der Staatsanwältin als Salzburger Gastronom bezeichnet – bis hin zu dem ausgebrannten Subaru und der bislang erfolglosen Fahndung. Als Nächstes betonte sie, dass man trotz des dringenden Tatverdachts gegen Herrn Melzer nach allen Seiten ermitteln werde, vor allem im Hinblick auf mögliche andere Personen, die ein Motiv gehabt haben könnten, Leschnik zu ermorden beziehungsweise ermorden zu lassen. Zuletzt erwähnte sie noch, dass man natürlich eng mit der Salzburger Polizei zusammenarbeiten würde und davon ausgehe, den Fall schon bald zu klären.

„Und was ist Ihre Meinung dazu, Herr Hauptkommissar?“, wandte sich einer der Reporter an Gruber.

„Nun, solange Herr Melzer sich nicht der Justiz stellt, werden wir ihn logischerweise als Haupttatverdächtigen behandeln“, erwiderte Gruber. „Was uns aber, wie die Frau Staatsanwältin bereits ausgeführt hat, nicht daran hindern wird, nach anderen Verdächtigen Ausschau zu halten.“

„Gibt es da schon eine Spur?“, fragte ein anderer Pressevertreter.

„Im Augenblick noch nichts Konkretes.“

„Also gibt es eine Spur?“

Gruber lächelte müde. „Selbst wenn, würde ich nichts dazu sagen, wie Sie sicher verstehen werden.“

„Wissen Sie eigentlich schon, was Herr Leschnik gegen diesen Salzburger Zuhälter, pardon, Gastronom in der Hand hatte?", fragte die Dame vom Regionalfernsehen. „Ich meine, so mir nichts dir nichts bringt man doch niemanden um."

„Tut mir leid, darüber kann ich im Augenblick nichts sagen."

„Gab es im Vorfeld eigentlich Drohungen gegen Herrn Leschnik?", wollte ein vierter Zeitungsmensch wissen. „Hat man versucht, ihn irgendwie zu stoppen? Vielleicht mit Bestechung?"

Gruber winkte ab, und nach ein paar weiteren Fragen, die er ebenso abblockte, erklärte Dr. Werner die Pressekonferenz für beendet. Gruber und Bischoff folgten Dr. Werner zurück in das Büro der Staatsanwältin, wo Grünfeld im Vorzimmer bereits auf sie wartete.

„Haben Sie Neuigkeiten für uns?", fragte Gruber, als die Begrüßung vorbei war und sie alle Platz genommen hatten.

„Nicht, was meinen Mandanten angeht", erwiderte Grünfeld. „Aber ich habe Ihnen etwas mitgebracht, das Sie interessieren sollte." Er zog einen dünnen Schnellhefter aus seiner Aktentasche und schob ihn Dr. Werner über den Tisch zu.

„Was ist das?", fragte Dr. Werner, ohne dabei den Schnellhefter anzufassen.

„Das sind ein paar Unterlagen, hauptsächlich Computerausdrucke, die Sie sich genau ansehen sollten. Sie betreffen einen Mann namens Kaspar Mühlbacher, geboren 1947 in Ruhpolding. Er wurde 1972 von einem Gericht hier in Traunstein wegen Drogenbesitzes, Nötigung, Freiheitsberaubung und Vergewaltigung in sechs Fällen zu sechseinhalb Jahren Haft verurteilt, von denen er knapp fünf verbüßt hat."

„Und weiter?"

„Nun, es war Herr Leschnik, damals noch ein kleiner Lokalreporter bei der Zeitung hier, der dem Kerl auf die Schliche kam und ihn sozusagen enttarnt hat."

„Und wie hat er das angestellt?", fragte Gruber.

Der Anwalt deutete unwillig auf den Schnellhefter. „Steht alles da drin. Außerdem wäre da noch seine Freundin, diese Frau Zeller ..."

„Was ist mit der?", fragte Bischoff.

„Nun, sie trat bis vor zehn, zwölf Jahren als Tänzerin in verschiedenen Bars und Discotheken im Frankfurter Raum auf und hat auch ein paar Pornos gedreht. Entsprechend dubios dürfte ihr Umgang gewesen sein. Und sollte jetzt noch hinzukommen, dass sie Leschnik auch beerbt, würde ich mich an Ihrer Stelle auch mit dieser Dame näher befassen."

„Dazu müsste sie aber einen Komplizen gehabt haben", warf Bischoff ein.

„Oder einen Liebhaber, der für sie die Drecksarbeit erledigt hat." Grünfeld lächelte nichtssagend. „Ich meine, Sie haben ja gesehen, was Herr Leschnik für ein Typ war. Nicht gerade ein Bild von einem Mann, mal so ausgedrückt. Und dazu noch der Altersunterschied."

„Ein Liebhaber als Ausgleich und ein Liebhaber, der bereit ist, über Leichen zu gehen, sind zweierlei", sagte Gruber. „Aber wie ich sehe, haben Sie sich verdammt gut informiert über einen Mann, vor dem sich zu fürchten Ihr Mandant angeblich keinen Grund hatte."

Der Anwalt zuckte mit den Schultern. „Ich sage Ihnen nur, was Sie für Hausaufgaben haben ..."

„Wir sprechen hier immer nur über Leschnik und wer alles einen Grund gehabt haben könnte, ihn aus dem Weg zu räumen", sagte Dr. Werner. „Wie steht es denn mit Feinden von Ihrem Mandanten? Ich meine, ich kenne die Salzburger Verhältnisse diesbezüglich nicht so genau, aber ich könnte mir vorstellen, dass Ihr Mandant einige Konkurrenten hat, Leute, die ihn aus dem Geschäft drängen wollen?"

Grünfeld lächelte befreit. „Ich danke Ihnen, Frau Staatsanwältin. Ich dachte schon, Sie fragen nie danach. Aber keine Sorge, ich habe Ihrem Kollegen Schmidinger heute Morgen bereits eine Liste mit den entsprechenden Herrschaften zukommen lassen."

„Und was wären das für welche?“, fragte Bischoff.

„Rumänen, Albaner, Russen, Sie können es sich aussuchen ...“ Nach diesen Worten ergriff Grünfeld seine Aktentasche, erhob sich und wandte sich zur Tür.

„Also, wir bleiben in Verbindung, würde ich sagen.“

Gruber nickte nur, und der Anwalt verschwand zur Tür hinaus.

„War das eigentlich nötig?“, fragte Bischoff.

„Was denn?“

„Dass wir uns von diesem Typ sagen lassen, was wir zu tun haben.“

„Wieso denn?“ Gruber deutete auf den Schnellhefter. „Er hat uns eben zwei Verdächtige quasi auf dem Tablett serviert, ohne dass wir einen Finger rühren mussten.“

Trotziges Schweigen.

„Überlassen wir diesen Melzer doch dem Kollegen Schmidinger und schauen nach, was wir auf dieser Seite der Grenze herausfinden“, sagte Dr. Werner, bevor die Pause peinlich wurde.

„Genau.“ Gruber stand auf und puffte Bischoff in die Schulter. „Also los, an die Arbeit, Fräulein. Ich fahre jetzt erst mal zu Frau Zeller. Und du befasst dich mit diesem Herrn Mühlbacher, würde ich sagen.“

8

Kurz vor zwei Uhr stellte Gruber seinen Wagen in der Hausenstraße ab, stieg aus und schlenderte um die Ecke in die Leonrodstraße, vorbei an dem hübschen Wohnblock, der vor wenigen Jahren auf dem Gelände des ehemaligen Rotkreuzgebäudes errichtet worden war. Aufs Neue erfreut darüber, dass der Block zur Zeit seiner Scheidung noch nicht existiert hatte, als er ernsthaft daran gedacht hatte, sein Haus in Hufschlag zu verkaufen und sich eine nette, gepflegte Eigentumswohnung in der Stadt zuzulegen. Denn hier, bei diesem Objekt, hätte er kaum widerstehen können. Optimale Lage, ansprechende Architektur, überschaubare Verhältnisse. Auf dem Gehsteig neben Leschniks Volvo hatten Anwohner ein paar Blumensträuße und eine Kerze platziert, zu sehen war niemand. Er trat hinzu und warf einen Blick in den Innenraum des Volvos. Auf dem Rücksitz lagen eine Wolldecke und ein paar Zeitschriften, sonst war nichts zu entdecken. Neugierig darauf, was wohl im Handschuhfach liegen mochte, versuchte er, die Beifahrertür zu öffnen. Doch sie war verschlossen, ebenso die anderen Türen. Er ging ein paar Schritte weiter und spähte zu den Fenstern von Leschniks Wohnung auf der gegenüberliegenden Straßenseite. Dann blickte er zum Hauseingang und versuchte, sich den Ablauf des Anschlags vorzustellen, herauszufinden, woher der Subaru gekommen sein mochte. Die am frühen Vormittag von Kollegen durchgeführte Befragung der Nachbarn hatte nichts ergeben, wie er nach der Pressekonferenz erfahren hatte. Niemandem war etwas Ungewöhnliches aufgefallen, und was die Auswertung der Spuren beim ausgebrannten Subaru bringen würde, konnte er sich denken: Nichts.

Als er Trittgeräusche hinter sich hörte, drehte er sich um. Vor ihm stand eine junge Frau, schlank, dunkelhaarig, mit hellwachen Augen, bekleidet mit Lederjacke und Jeans, einen Fotoapparat in der rechten Hand.

„Kramer vom Tagblatt“, sagte sie. „Darf ich Ihnen ein paar Fragen stellen, Herr Hauptkommissar?“

„Ich komme eben von der Pressekonferenz, da hätten Sie ...“

„Pressekonferenzen sind was für Bürokacker“, unterbrach ihn die Frau. „Ich bin lieber da, wo die Musik spielt, wie man so schön sagt in Bayern.“

„So, so ...“ Gruber lächelte amüsiert. „Ich kann mir schon denken, was Sie möchten“, sagte er dann zu der Frau. „Sie möchten ein Interview mit der Freundin des Toten, richtig?“

„Genau. Und natürlich Ihre ganz persönliche Meinung zu dem Fall.“

„Auf die werden Sie leider verzichten müssen. Aber ich werde ein gutes Wort bei Frau Zeller für Sie einlegen. Aber nur, wenn Sie sich schlau machen, was Leschniks Zeit beim Tagblatt angeht. Er hat doch bei Ihnen gelernt, so Ende der sechziger, Anfang der siebziger Jahre? Was ich also bräuchte, wäre ein ehemaliger Kollege von ihm. Oder besser noch: sein damaliger Chef, falls der noch am Leben ist."

„Kein Problem. Heißt das, der Fall reicht bis in die sechziger Jahre zurück?"

„Das wird sich herausstellen."

„Okay, dann bräuchte ich jetzt nur noch Ihre Handynummer."

Gruber grinste. „Ich rufe Sie an, okay?"

Die Frau nickte, zog eine Visitenkarte aus ihrer Brieftasche und reichte sie Gruber. Gruber steckte die Karte ein und wandte sich der Villa mit Leschniks Wohnung zu. Er war offensichtlich nicht der Einzige, der mit Alexandra Zeller sprechen wollte. Vor der Haustür wartete bereits ein junges Pärchen: Er mit einer Kamera über der Schulter, sie mit einem Aufnahmegerät in der Hand. Beide mit genervten Gesichtszügen. Gruber musterte sie beiläufig; keiner der beiden war auf der Pressekonferenz gewesen. Umso besser für ihn.

„Sie weigert sich einfach, mit uns zu sprechen", sagte die Frau zu Gruber.

„Das würde ich auch", erwiderte Gruber. „Und wenn Sie keine Klage wegen Hausfriedensbruch am Hals haben möchten, würde ich vorschlagen, dass Sie jetzt von hier verschwinden."

„Was sind Sie denn für ein Komiker?", sagte der Mann.

Gruber zückte seinen Ausweis. „Ich bin zufällig der Komiker, der diesen Fall bearbeitet. Und jetzt: Arrividerci."

„Mann, Sie sind aber feindselig!", sagte die Frau. „Noch nie was von der Freiheit der Presse gehört?"

„Wir werden uns über Sie beschweren", fügte ihr Begleiter hinzu.

Gruber steckte seinen Ausweis wieder ein und wartete ab, bis die zwei den Rückzug angetreten hatten. Dann drückte er auf den Knopf der Gegensprechanlage und meldete sich an. Es dauerte dennoch eine Weile, bis Alexandra Zeller die Tür öffnete. Sie schwankte ein wenig und sah reichlich mitgenommen aus. Ihr Gesicht war gerötet und leicht aufgedunsen und sie roch nach Alkohol.

„Haben Sie den Mistkerl?", fragte sie. „Diesen Melzer?"

Gruber schüttelte den Kopf. „Tut mir leid. Aber ich bin sicher, die Kollegen in Salzburg werden bald Erfolg haben."

Die Frau lächelte abschätzig, sagte aber nichts.

„Kann ich kurz reinkommen?“, fragte Gruber. „Ich hätte da noch ein paar Fragen ...“

Alexandra Zeller zögerte kurz, ehe sie beiseite trat und Gruber in die Wohnung ließ. Gruber ging voran ins Wohnzimmer, wo auf der Couch eine ältere, gut gekleidete Frau saß und ihm erwartungsvoll entgegenblickte. Auf dem Tisch standen eine Flasche Likör und zwei leere Gläser.

„Das ist Frau Wembacher, die Hausbesitzerin“, erklärte Alexandra Zeller.

Gruber nickte der Frau zu. „Angenehm.“

Es dauerte ein paar Sekunden, bis Frau Wembacher begriff, dass sie unerwünscht war. Sie erhob sich schwerfällig und sagte beim Hinausgehen zu ihrer Mieterin: „Wenn Sie etwas brauchen, rufen Sie mich an. Mein Mann und ich stehen Ihnen jederzeit zur Verfügung.“

„Ich habe Ihnen doch schon gestern Abend alles erzählt“, sagte Alexandra, sowie sie auf der Couch Platz genommen hatten. „Und ich muss auch gleich weg.“

„Sicherlich“, erwiderte Gruber geduldig und setzte sich. „Aber wie Sie sich denken können, müssen wir alles in Betracht ziehen. Zum Beispiel, wer außer diesem Melzer noch von Leschniks Tod profitieren würde.“

Die Gesichtszüge der Frau verhärteten sich. Sie

sah plötzlich um Jahre älter aus und überhaupt nicht mehr hübsch. „Was wollen Sie damit sagen?"

„Jetzt seien Sie doch bitte nicht gleich beleidigt. Aber ich habe nun mal so meine Zweifel, was diesen Melzer angeht. Zugegeben, er hätte vielleicht ein Motiv gehabt, aber sofort einen Autokiller auf ihn anzusetzen, das erscheint mir einfach unlogisch. Und unglaublich dumm dazu."

„Vielleicht hatte er einfach Angst vor ihm? Angst vor irgendwelchen Enthüllungen."

„Dann hätte er doch logischerweise versucht, erst an dieses Material zu kommen, meinen Sie nicht? Dann hätte er Ihren Freund doch viel wahrscheinlicher entführen lassen oder sonstwie unter Druck gesetzt, statt ihn gleich umzubringen?"

„Auf welcher Seite stehen Sie eigentlich?", fauchte ihn die Frau an. „Ich möchte, dass Sie jetzt gehen."

„Das kann ich gerne machen. Dann reden wir eben in meinem Büro weiter. Zu meinen Konditionen, versteht sich."

Die Frau gab sich weiterhin abweisend.

„Hören Sie, das ist alles nur Routine", sagte Gruber, etwas milder gestimmt. „Ich muss Sie das fragen. Das hat nichts mit Ihnen persönlich zu tun."

Nach einer Weile nickte die Frau. „Okay, Sie werden es sowieso erfahren: Er hat mich nach dem Tod seiner Nichte nicht nur als seine Alleinerbin eingesetzt, sondern hat auch bestimmt, dass seine Lebensversicherung mir zugute kommt."

„Und das bedeutet in Zahlen?"

„Das bedeutet", und dabei dehnte sie jedes Wort in die Länge, „dass ich demnächst eine ziemlich wohlhabende Dame sein werde."

Ziemlich wohlhabend, dachte Gruber, das klingt nicht schlecht. Das war schon mal ein handfestes Motiv. Vielleicht war das Ganze doch kein Racheakt irgendeines Zuhälters. Vielleicht steckte nichts weiter als ganz gewöhnliche Geldgier dahinter, inszeniert als eiskalter Unterweltmord und mit Melzer als Sündenbock. Blieb die Frage, woher die Frau über die nötigen Kontakte verfügte, wie sie es geschafft hatte, einen Profi zu engagieren. Er dachte an den Fall Hauser, bei dem vor etlichen Jahren eine bis dahin brave, unauffällige Hausfrau ebenfalls versucht hatte, mit Hilfe eines Handlangers ihren Ehemann loszuwerden. Und sich dazu den größten Deppen im Landkreis ausgesucht hatte. Vier Schüsse aus nächster Entfernung, und bis auf eine harmlose Schramme war dem Opfer nichts passiert. Vielleicht jemand aus ihrer Frankfurter Zeit, überlegte er.

„Wir wohnen zwar zur Miete hier", sagte die Frau weiter, „aber er hat erst kürzlich gesagt, dass er wohl einer der wenigen wäre, die in den letzten Jahren mit Aktien Gewinne gemacht haben. Wie viel das ist, weiß ich aber noch nicht. Das müssen Sie seinen Anlageberater fragen, der wohnt am Stadtplatz. Außerdem hat er vor vier oder fünf Jahren von einer Tante in Regensburg ein Mietshaus geerbt, das allein schon eine Million wert sein soll."

„Tatsächlich?" Grubers Gedanken schweiften erneut ab. Sein Verdacht verfestigte sich. Sex oder Geld, das waren die üblichen Motive, die bei einem Mord ins Spiel kamen. Wenn dieser Melzer also ausschied ...

„Und, bin ich jetzt auf der Liste Ihrer Verdächtigen oder nicht?" Die Frau blickte Gruber angriffslustig an.

Gruber ging nicht darauf ein. „Wie haben Sie Leschnik eigentlich kennengelernt?", fragte er stattdessen.

Die Frau lächelte müde. „Müssen Sie das wirklich jetzt wissen?"

„Es wäre jedenfalls hilfreich. Schließlich muss ich mir ein Bild von Ihrer Beziehung machen können."

„Sie werden es nicht glauben, aber wir haben uns in Fatima kennengelernt, voriges Jahr im September. Er war da, um eine Reportage über diesen ganzen Zirkus zu schreiben, und ich war mit einer Freundin da, die eine komplizierte Operation vor sich hatte. Es war nicht gerade Liebe auf den ersten Blick, das bestimmt nicht, aber er war ein interessanter Typ und hatte eine gute Art, mit den Menschen umzugehen. Und da ich damals Single war, hat es sich einfach so ergeben."

„Verstehe ..."

„Es war auch nicht geplant, dass wir zusammenziehen. Ich habe damals noch in München gewohnt und hatte eine Halbtagsstelle als Sekretärin bei einem Uni-Professor. Aber als das mit seiner Nichte passiert ist, war er ziemlich am Boden und hat mich gebeten, hierher zu kommen. Also habe ich mich beurlauben lassen und ..." Alexandra Zeller verstummte, den Tränen nahe.

Gruber nickte nur.

Im nächsten Augenblick klingelte irgendwo in der Wohnung ein Handy. Die Frau stand auf und verschwand in den Flur hinaus. Der Klingelton stoppte, doch Gruber hörte nichts von einem Gespräch. Nur eine Art von Schluchzen und dann das Zuschlagen einer Tür. Gefolgt von der Toilettenspülung. Er blieb sitzen und wartete, bis die Frau wieder zurück war.

„Sonst noch Fragen?"

Gruber schüttelte den Kopf und erhob sich ebenfalls. „Für heute nicht mehr, danke."

An der Wohnungstür drehte er sich noch einmal um. „Hat es Ihrer Freundin denn geholfen, um himmlischen Beistand zu bitten?"

„Nein. Sie ist zwei Tage nach der Operation an einer Hirnblutung gestorben."

9

Zurück an seinem Wagen, holte Gruber sein Handy heraus und rief Bischoff an. Er berichtete ihr mit knappen Worten, was er soeben von Alexandra Zeller erfahren hatte und fragte dann, ob sie inzwischen Genaueres über diesen Kaspar Mühlbacher herausgefunden habe.

„Jede Menge“, erwiderte Bischoff mit leicht aufgeregter Stimme. „Und ich glaube, da könnte noch einiges auf uns zukommen.“

„So? Wie das denn?“

„Hm, sagt dir zufällig das Theaterstück ‚Der Besuch der alten Dame‘ etwas?“

„Wenn es darin zufällig um eine steinreiche Witwe geht, die nach vielen Jahren in ihre Heimatstadt zurückkommt, um sich mit Hilfe ihres Vermögens für irgendetwas zu rächen, dann ja.“

„Genau das scheint hier auch der Fall zu sein.“

„Das klingt ja vielversprechend. Was hältst du davon, wenn wir uns in der Stadt treffen? In diesem neuen Café am Maxplatz?“

„Auf deine Rechnung und in zwanzig Minuten, okay?“

„Alles klar.“

Gruber steckte den Apparat wieder ein und entschied, den Weg in die Stadtmitte zu Fuß zurückzulegen. Es war erstaunlich warm geworden und er wollte die Gelegenheit nutzen. Wenn der Urlaub schon ausfiel, wollte er es wenigstens zuhause etwas ruhiger angehen. Zumal er als Nächstes ohnehin nicht viel mehr unternehmen könnte, als eine Telefonüberwachung von Alexandra Zeller anzukurbeln. Ob sie die Frau auch observieren sollten, blieb abzuwarten.

Er ging die Hausenstraße hinunter bis zur Augenklinik und wandte sich dort links, die St. Oswaldstraße stadteinwärts, vorbei am Wochinger Biergarten, in dem bereits die ersten Gäste herumsaßen und die Frühlingssonne auf sich einwirken ließen. An der Kreissparkasse angekommen fiel ihm ein, dass er Bargeld brauchte, und er betrat den Schalterraum. Er nahm gerade das Geld in Empfang, als sein Handy klingelte.

„Hier ist Eckardt. Max Eckardt in Traunstein. Die Frau Kramer vom Tagblatt hat mir mitgeteilt, dass Sie mich sprechen möchten, und Ihre Kollegen waren so nett, mir Ihre Nummer zu geben."

„Richtig. Wann hätten Sie denn Zeit?"

„Im Prinzip sofort."

„Wunderbar. Dann kommen Sie doch zum Maxplatz, so in einer halben Stunde. Meine Kollegin und ich sitzen draußen und ich trage eine schwarzrot gestreifte Krawatte."

„Ich hätte Sie auch so erkannt, Herr Kommissar. Also, bis dann."

Bischoff saß bereits an einem der wuchtigen Holztische, die vor dem Brothaus, so der einprägsame Name des Cafés, aufgestellt waren. Sie hatte eine Tasse Kaffee vor sich und biss gerade in etwas, das Gruber für eine Nussschnecke hielt. Er setzte sich ihr gegenüber auf die Bank und blickte sich um. Er war gerne hier, auch wenn er kein Freund von Selbstbedienung war.

„Und, schmeckt es?", fragte er.

„Prima." Sie schob Tasse und Nussschnecke beiseite und holte einen Notizblock aus ihrer Handtasche. „Also pass auf, ich habe mir das Wichtigste notiert: Dieser Mühlbacher hatte neunundsechzig bis siebzig ein altes Bauernhaus in der Nähe von Kay bei Tittmoning gemietet, wo sich die ganzen schrägen Vögel der Gegend getroffen haben. Und wo es ziemlich rund gegangen sein muss, Drogen, Alkohol, freie Liebe und so fort ..." Sie machte eine Pause und grinste. „Aber warum erzähle ich dir das, war ja deine Generation. Die wilden Sechziger."

Gruber schnitt eine Grimasse und sagte nichts. Wenn die wüsste, dachte er.

Er hatte nicht wenige Klassenkameraden gehabt, die nur Spott für die Langhaarigen übrig hatten, keine Drogen nahmen und nicht einmal Beatmusik hörten. Die mit dem Zeitgeist oder was auch immer absolut nichts am Hut hatten. Eigentlich arme Teufel, aber auch sie zählten zu seiner Generation.

„Aber dann war Schluss mit lustig", sagte Bischoff weiter. „Es gab Gerüchte über Gruppensex mit Minderjährigen, die zuvor mit Drogen gefügig gemacht beziehungsweise betäubt wurden. Nur Beweise dafür gab es nicht, trotz einiger Razzien der Polizei. Wahrscheinlich deswegen, weil die meisten Opfer wohl nicht von hier waren, sondern sich vermutlich auf der Durchreise befanden. Blutjunge Tramperinnen oder Töchter von Urlaubern zum Beispiel, die entweder längst wieder weg waren, sich an nichts erinnern konnten oder nichts gesagt haben, weil sie sich geschämt haben. Leschnik hat jedenfalls davon gehört und eine Story gewittert, und es irgendwie fertiggebracht, eines der Mädels zum Reden zu bringen. Angeblich soll er der Kleinen bis nach Griechenland nachgereist sein, bis runter auf den Peloponnes. Und dadurch ist der Ball dann ins Rollen gekommen. Mühlbacher wurde angeklagt, ein paar Kumpane haben alles auf ihn geschoben, um sich selbst zu entlasten, und er wurde verurteilt."

Gruber nickte nur.

„Was er nach seiner Entlassung gemacht hat, weiß keiner so genau", fuhr Bischoff fort. „Aber Anfang der neunziger Jahre ist er dann in Kalifornien aufgetaucht, zuerst nördlich von San Francisco und später auch in Los Angeles, wo er irgendeinen New-Age-Blödsinn populär gemacht hat. So populär jedenfalls, dass er um die Jahrtausendwende eine ziemliche Berühmtheit in diesen Kreisen war. 2002 dann hat er die Witwe eines stinkreichen Unternehmers geheiratet. Fünf Jahre später kam die Frau bei einem Autounfall ums Leben und hat ihm rund vierzig Millionen Dollar hinterlassen. Mit dem Geld kam er dann vor zwei Jahren hierher zurück, hat unter dubiosen Umständen sein Elternhaus zurückgekauft und sich in dem Kaff, wo er aufgewachsen ist, breit gemacht. Sehr zum Ärger seiner Nachbarn, wie man so hört, denen er die Schuld am Kollaps seiner Familie gibt."

„Wie das denn?"

„Seine Mutter hat kurz nach seiner Verurteilung mit seiner jüngeren Schwester seinen Vater verlassen, hat wohl die Anfeindungen im Dorf nicht mehr ausgehalten, und ist nach Norddeutschland gezogen. Was aus den beiden geworden ist, war nicht zu erfahren. Sein Vater blieb jedenfalls allein zurück und wurde zum Alkoholiker, der nach und nach Haus und Hof vertrunken und verspielt hat. Unter eifriger Mitwirkung seiner Nachbarn übrigens, wie die Rede geht. Der Mann ist vierundachtzig an einem Herzinfarkt verstorben, arm wie eine Kirchenmaus."

„Ist Mühlbacher nach seiner Entlassung denn gleich weggezogen, ohne sich um seinen Vater zu kümmern?"

„Offensichtlich ..."

„Okay, dann nichts wie auf zu dem Kerl."

„Ich habe uns bereits angemeldet", erwiderte sie. „Er erwartet uns um vier zum Kaffee."

Gruber nickte. Das ging ja flott.

„Herr Kommissar Gruber?", ertönte eine Stimme neben ihnen.

Gruber und Bischoff blickten hoch. Der Mann, der vor ihnen stand, war um die siebzig, drahtig und mit faltigem, tief sonnengebräuntem Gesicht, aus dem Gruber unwillkürlich schloss, dass er wohl oft Bergsteigen ging.

„Herr Eckardt?", fragte Gruber und erhob sich.

„Der bin ich."

Gruber und Eckardt schüttelten sich die Hände. „Meine Kollegin Bischoff", erklärte Gruber, sowie Eckardt neben Bischoff Platz genommen hatte.

„Schreckliche Geschichte, das mit dem Leschnik", begann Eckardt. „Und das ausgerechnet hier, wo er sich doch jahrelang in den gefährlichsten Ecken der Weltgeschichte rumgetrieben hat."

„Ja, schon seltsam", bestätigte Gruber.

„Na hoffentlich geht es diesem Sauhund von Salzburger Zuhälter bald an den Kragen."

„Wir arbeiten daran", sagte Gruber. „Aber es gibt da noch eine andere Spur. Erinnern Sie sich noch an die Geschichte mit diesem Kaspar Mühlbacher, dem Leschnik Anfang der siebziger Jahre dank seiner Recherchen das Handwerk legen konnte?"

Eckardt nickte. „Und wie. Auch so ein Druckskerl ..."

„Wie hat Leschnik das eigentlich angestellt?", fragte Bischoff. „Ich meine, die Polizei konnte damals ja wohl nichts ausrichten?"

Eckardt zögerte kurz. „Ich habe es erst im Nachhinein von ihm erfahren, weil ich mit einem derartigen Vorgehen natürlich niemals einverstanden gewesen wäre, aber er hat wohl, nachdem er Verdacht geschöpft hatte, dass in dieser Wohngemeinschaft irgendwelche Sauereien stattfinden, jemanden richtiggehend eingeschleust dort ..."

„Ein Mädchen?", fragten Gruber und Bischoff gleichzeitig.

Eckardt nickte. „Genau."

„Und die hat die Sache dann ins Rollen gebracht?", hakte Gruber nach.

„So ungefähr. Aber erst mal wollte sie mit nichts rausrücken und ist ihm abgehauen. Und er hinterher, der verrückte Kerl, durch halb Europa. Hat seinen ganzen Urlaub verpulvert, um sie wieder aufzutreiben."

„Aber seine Story hat er bekommen“, sagte Bischoff.

„Das stimmt. Und die wollte er auch, um jeden Preis. Er war unglaublich ehrgeizig und wollte nichts wie raus hier, weg von Traunstein. Wollte beim ‚Spiegel‘ oder ‚Stern‘ Karriere machen und groß rauskommen. Was ihm dann ja auch gelungen ist.“

„Hatten Sie da noch Kontakt?“

Eckardt schüttelte den Kopf. Er wirkte plötzlich ziemlich traurig. „Eigentlich nimmer. Er ist zwar noch regelmäßig heimgekommen, solange seine Eltern gelebt haben, aber immer nur kurz und ohne jemanden zu kontaktieren.“

10

Dank der Wegbeschreibung, die Bischoff von Mühlbacher erhalten hatte, fiel es ihnen nicht schwer, seinen Hof zu finden. Er stand mitten in der Ortschaft und war ein echtes Prachtstück, ganz im Gegensatz zu seiner Umgebung, einem Gemisch aus alten, nicht sonderlich gepflegten Bauernhäusern und schmucklosen Neubauten. In der Zufahrt standen ein Landrover und eine Jaguar-Limousine mit Traunsteiner Kennzeichen vor der offenstehenden Doppelgarage. Zu sehen war niemand. Gruber parkte hinter dem Landrover ein, und sie stiegen aus. Gruber verstand nicht viel von handwerklichen Dingen, aber hier war offensichtlich ganze Arbeit geleistet worden. Die filigranen Wandmalereien, die kunstvoll geschmiedeten Fensterkreuze, die massive Haustür mit dem vergitterten Guckloch, alles schien aufwendig restauriert und behutsam modernisiert.

„Sieht hübsch aus", sagte Bischoff. „Aber ein bisschen wie ein Museum, findest du nicht?"

Gruber zuckte mit den Schultern und sagte nichts. Der Mann, der gleich darauf aus dem Haus trat und auf sie zukam, fiel in zweierlei Hinsicht auf: Obwohl er bereits weit über sechzig war, trug er sein glattes, vollständig ergrautes Haar schulterlang und straff nach hinten gekämmt. Und er war ganz in Weiß gekleidet. Strickjacke, Jeans, Turnschuhe, alles strahlend weiß. Strahlend war auch sein Lächeln, mit dem er Bischoff die Hand hinhielt und sagte: „Wir haben heute schon telefoniert miteinander, richtig?"

„Richtig."

Auch Gruber durfte dem Mann die Hand schütteln. Eine weiche, sehr gepflegte und mit etlichen Ringen dekorierte Hand.

„Bitte, kommen Sie doch rein ..."

Gruber und Bischoff folgten Mühlbacher in den schwarzweiß gefliesten Hausflur und weiter in das erste Zimmer links vom Flur, das mit einem Kachelofen, einer rustikalen Sitzecke und einem reich mit Schnitzereien verzierten Bauernschrank möbliert war. An den Wänden prangten etliche Jagdtrophäen und über der Tür war eine langläufige Flinte platziert; das sogenannte Herren- oder Jagdzimmer wohl. Sie setzten sich an den Tisch. Gleich darauf erschien eine schlanke, erstaunlich muskulöse, dunkelhäutige Frau von vielleicht Ende zwanzig, bekleidet mit Jeans und einem T-Shirt, und einem Tablett mit Kaffeegeschirr für drei Personen in Händen. Sie stellte das Tablett auf dem Tisch ab und verschwand ebenso stumm, wie sie gekommen war.

„Kaffee und Kuchen kommt gleich", sagte Mühlbacher.

„Schön haben Sie es hier", sagte Bischoff.

„Freut mich, dass es Ihnen gefällt. War auch ein mächtiges Stück Arbeit, kann ich Ihnen versichern."

„Sie wissen, warum wir hier sind?", begann Gruber.

„Natürlich. Aber Sie hätten sich den Weg sparen können. Halten Sie sich lieber an diesen Salzburger Zuhälter. Ich habe mit der Sache absolut nichts zu schaffen."

„Trotzdem werden Sie uns sagen müssen, wo Sie sich gestern Nacht, so zwischen zweiundzwanzig Uhr und Mitternacht, aufgehalten haben?"

„Ich war hier", erwiderte Mühlbacher. „Die ganze Nacht."

„Gibt es dafür auch Zeugen?", fragte Bischoff.

„Zum Glück ja." Mühlbacher deutete zur Tür. „Die Dame, die Sie eben gesehen haben. Sie hat mir Gesellschaft geleistet."

„Auch die ganze Nacht?"

Statt einer Antwort sagte Mühlbacher nur „Florence", und eine Sekunde später stand die Frau wieder in der Tür.

„Meine liebe Florence", erklärte Mühlbacher. „Unter anderem dafür zuständig, mich ständig im Auge zu behalten. Tag und Nacht."

Gruber und Bischoff wechselten einen verdutzten Blick.

„Florence war bei einem Spezialkommando der US-Army, bevor sie sich als Bodyguard selbständig gemacht hat. Ich habe sie überredet, ihre Dienste, was mich betrifft, ein wenig großzügig auszulegen." Er lächelte wissend. „Ah, ich sehe schon, wie Ihre Gedanken kreisen. Eine Frau, die das Töten gelernt hat, die alle möglichen Praktiken beherrscht, um jemanden ins Jenseits zu befördern. Der optimale Killer sozusagen."

„Sie haben Recht, das gibt uns zu denken", bestätigte Gruber.

„Trotzdem sind Sie damit auf dem Holzweg ..."

Florence drehte sich um und kam gleich darauf wieder, nun mit einer Kanne Kaffee und einem Teller mit vier Stück Mohnkuchen beladen. Mühlbacher schenkte den Beamten ein.

„Wissen Sie was, ich werde jetzt ganz offen zu Ihnen sein", sagte Mühlbacher, sowie er seine Tasse halb geleert hatte. Den Kuchen ließ er unberührt, und auch Gruber und Bischoff begnügten sich mit Kaffee. „Und ich werde mich nicht einmal davon überzeugen, dass Sie beide kein Mikrophon bei sich tragen."

„Warum sollten wir ein Mikrophon mit uns herumtragen?", wandte Bischoff ein.

„Eben, warum sollten Sie?"

„Also hören Sie zu", Mühlbacher schob Tasse und Teller beiseite und beugte sich zu Gruber herüber, den Zeigefinger auf seine Brust gerichtet. „Dass ich Leschniks Tod nicht gerade bedauere, werden Sie verstehen, denke ich. Sie wissen ja, was sich diese Ratte geleistet hat! Hat mir irgend so ein dummes, naives Ding ins Haus gebracht, das mir dann auf sein Zuflüstern hin Sachen angedichtet hat, die niemals stattgefunden haben. Ja, ich hatte tatsächlich vor, nach meiner Entlassung diesen Judas dafür büßen zu lassen. Habe mir alles mögliche vorgestellt, wie ich ihn fertigmachen könnte, alle erdenklichen Foltermethoden durchgespielt."

„Was Sie nachweislich aber nicht gemacht haben", sagte Gruber.

„Natürlich nicht, für wen halten Sie mich. Aber der Gedanke daran hat mich aufrechterhalten. Vor allem dann, als das mit meiner Mutter und später mit meinem Vater passiert ist."

„Dafür waren aber doch andere verantwortlich", sagte Bischoff. „Ihre lieben Nachbarn zum Beispiel."

„Die auch, natürlich. Aber wenn dieser Zeitungsschmierer nicht damit angefangen hätte, diese ganzen Lügen zu verbreiten, wäre es nie so weit gekommen."

„Und Sie meinen, weil Sie diese Abrechnungsphantasien zugeben, macht Sie das jetzt weniger verdächtig?", fragte Gruber.

„Okay, wenn Sie schon annehmen, ich hätte mich rächen wollen, glauben Sie wirklich, ich hätte es so gemacht wie geschehen? Oder machen lassen, genauer gesagt? So direkt, so schmerzlos, so ohne jede Handschrift?"

„Nun, als schmerzlos würde ich seinen Tod nicht gerade bezeichnen", entgegnete Gruber.

„In den Nachrichten hieß es, er sei noch am Tatort verstorben. Also kann seine Schmerzphase so lange nicht gedauert haben, schätze ich mal."

Gruber und Bischoff wechselten erneut einen Blick.

„Oh, tut mir leid, das klang jetzt fürchterlich", sagte Mühlbacher begütigend. „Aber was haben Sie erwartet? Dieser Mann hat mein Leben und das Leben meiner Eltern zerstört."

„Darüber kann man geteilter Meinung sein", sagte Gruber. „Aber Sie persönlich haben sich ja wieder aufgerappelt ..."

„Und dann offensichtlich beschlossen, es Ihrer ehemaligen Heimat so richtig zu zeigen", ergänzte Bischoff.

„Ein wenig überspitzt formuliert, aber durchaus richtig", sagte Mühlbacher mit Blick zum Fenster. „Immerhin war das hier mal mein kleines Paradies.

Das Paradies meiner Kindheit. Und träumt nicht jeder davon, eines Tages dorthin zurückzukehren. Nun, ich habe mir erlaubt, diesen Traum wahr werden zu lassen.

Wenn ich mich dabei bei ein paar Leuten unbeliebt gemacht habe, nun gut, das kann ich verantworten. Aber ich sage es Ihnen noch mal: Mit diesem Mord habe ich nichts zu tun."

Gruber nickte. „Dann haben Sie auch sicher nichts dagegen einzuwenden, wenn wir uns ein wenig umhören in Ihrer Nachbarschaft?"

„Absolut nicht. Im Gegenteil, ich bitte sogar darum ..."

„Haben Sie Leschnik eigentlich mal getroffen, seit Sie hier sind?", fragte Bischoff.

Mühlbacher schüttelte den Kopf. „Nein. Ich wusste zwar, dass er wieder in Traunstein wohnt, aber wie Sie sich denken können, habe ich wenig Wert auf ein Wiedersehen gelegt."

Gruber nickte. „Na schön, dann möchten wir Sie und Ihre Amazone nicht länger stören."

Gruber und Bischoff erhoben sich gleichzeitig und wandten sich wortlos zur Tür. Mühlbacher folgte ihnen und begleitete sie noch zum Wagen.

„Sie sind mir jederzeit willkommen", sagte Mühlbacher zum Abschied.

„Und, was hältst du von dem Kerl?", fragte Bischoff, sowie sie das Dorf hinter sich gelassen hatten und sich Ruhpolding näherten. „Ist er unser Mann?"

„Ich weiß nicht, kann sein", erwiderte Gruber. „Jedenfalls ist er ein echter Kotzbrocken, dem ich alles zutrauen würde, nur nichts Gutes."

„Ganz meine Meinung. Und sonst?"

„Tja, was sonst? Mit seinem Geld hätte er sich jeden Profi leisten können, oder? Und Profiarbeit war es, so viel steht fest. Aber ich kann mir nicht vorstellen, dass er seine Leibwächterin da losgeschickt hat. Viel zu auffällig, die Person ..."

„Und jetzt?"

„Jetzt möchte ich erst mal Blumen kaufen. Weißt du vielleicht, wo ich um diese Zeit noch welche kriegen kann?"

„Ärger mit deiner Frau?"

„Ja und nein ..."

„Ach so, dein Urlaub, der ja keiner ist." Bischoff nahm ihre Sonnenbrille ab und rieb sich die Augen. Sie wirkte plötzlich klein und sehr müde und Gruber dachte, wahrscheinlich hat sie die ganze Nacht gegrübelt und darüber den Schlaf vergessen, während er zwar kurz, aber dafür wie ein Bär geschlafen hatte.

„Wie geht es ihr denn mit ihren Schmucksachen?", fragte Bischoff dann.

„Nicht so gut. Ihr Hauptabnehmer, ein Juwelier in Berlin, ist kurz vor Weihachten überraschend gestorben. Und ein Nachfolger ist nicht in Sicht."

„Aber sie hat doch schon einen Namen in der Branche ..."

„Das ja, aber wer kauft heute noch handgemachten Schmuck? Doch die wenigsten. Deswegen überlegt sie auch, ob sie nicht wieder halbtags arbeiten gehen soll."

„Und als was?"

„Was sie früher schon gemacht hat, als Verkäuferin in einem Geschäft für Schmuck und Uhren."

„In Traunstein?"

„Ja, wenn sie was findet."

11

Ein heißes Bad und dann ab ins Bett, dachte Gruber, nachdem er den Wagen in der Garage abgestellt und Aktentasche und Blumenstrauß vom Beifahrersitz genommen hatte. Er war immer noch aufgewühlt von dem Gespräch mit Mühlbacher und hoffte, eine Nacht ungestörten Schlafs würde sein Gemüt wieder etwas aufhellen. Andererseits zeichnete sich hier endlich eine Alternative zu Melzer ab. Doch wie beweisen? Dass Mühlbacher nicht nur ein Motiv, sondern dank seiner Millionen auch die Möglichkeit gehabt hätte, Leschnik umbringen zu lassen, half ihnen vorerst nicht weiter. Alles reine Indizien. Sicher war nur, dass hier ein absoluter Profi am Werk gewesen war. Ein Täter, der blitzschnell wie aus dem Nichts auftauchte und ebenso schnell wieder von der Bildfläche verschwand, das war schon eine Meisterleistung. Was auch erklärt hätte, weshalb Leschnik vorher weder bedroht noch sonstwie unter Druck gesetzt wurde: Weil Mühlbacher den Mann schlicht und einfach tot sehen wollte. Jede Warnung, jede Angstmache wäre da fehl am Platz gewesen, hätte Leschnik nur aufgescheucht und vielleicht veranlasst, sich noch besser zu schützen als mit einer kugelsicheren Weste.

In der Haustür kam ihm Ingrid entgegen, und er

sah ihr sofort an, dass irgendetwas anders war. Ein absurder Gedanke durchzuckte ihn: Will sie mich verlassen, weil wir nicht in Urlaub gefahren sind? Er hielt ihr mit einer resignierten Geste den Blumenstrauß hin.

„Als erste kleine Wiedergutmachung", sagte er mit belegter Stimme.

„Dann bin ich ja gespannt, wie die nächstgrößere ausfallen wird", erwiderte sie mit einem Lächeln, nahm Gruber den Strauß ab und versperrte ihm gleichzeitig den Weg.

„Ist was?", fragte Gruber.

„Wir haben Besuch", erklärte sie.

„Na und? Hatten wir doch schon öfter, oder?"

„Na ja, aber ... Ach egal. Sei einfach ein bisschen nett, okay? Auch wenn es dir vielleicht schwer fällt."

Sie trat beiseite und ließ ihn vorbei. Gruber ging hinein, und stieß im Flur beinahe mit einem Mann zusammen, der soeben aus der Küche getreten war. Er war etwa in Grubers Alter, ein gutes Stück größer und schmaler als Gruber, hatte ein knochiges, aber nicht unattraktives Gesicht und das knapp schulterlange, nur leicht ergraute Haar zu einem Pferdeschwanz gebunden. Es dauerte zwei, drei Sekunden, bis bei Gruber der Groschen fiel und er den Mann identifiziert hatte: Der Fremde war Ingrids Ex-Mann. Bernhard Hartnagel. Kunstmaler,

Lebenskünstler und größtes Arschloch unter der Sonne. Er hatte sein Foto öfter gesehen, als ihm lieb war.

„Ich hoffe, ich komme nicht ungelegen", sagte Hartnagel und hielt Gruber die Hand hin. „Ich habe gehört, dass Sie gerade an einem besonders komplizierten Fall arbeiten."

„So, haben Sie?", erwiderte Gruber und schüttelte unwillig die Hand.

„Natürlich. Wir reden seit einer Stunde über nichts anderes als Sie. Oh pardon, wie unhöflich von mir. Ich bin der Bernhard, Ihr Vorgänger sozusagen ..."

Sag noch mal Vorgänger und ich hau dir eins in die Fresse, dachte Gruber.

„Ich freue mich ehrlich, Sie endlich kennenzulernen", sagte Hartnagel, unbeeindruckt von Grubers abweisender Haltung.

Gruber nickte nur. Er stellte seine Aktentasche ab und wies dann mit dem Daumen über die Schulter ins Freie.

„Wo haben Sie denn Ihren Wagen geparkt?"

„Er ist mit dem Zug da", sagte Ingrid. „Ich habe ihn am Bahnhof abgeholt."

„Verstehe ..."

„Ich habe einen Freund in Wien besucht, und da Traunstein auf der Strecke liegt, dachte ich, eine bessere Gelegenheit kommt so schnell nicht wieder", erklärte Hartnagel.

„Geht schon mal ins Wohnzimmer", sagte Ingrid. „Ich hole nur schnell eine Vase für die Blumen."

„Bitte." Gruber ließ Hartnagel den Vortritt. An sich war das Erste, was er beim Heimkommen tat, dass er seine Heckler & Koch ablegte und im Flurschrank verstaute, aber dieses Mal zögerte er. Hartnagel nahm auf dem Sofa Platz, Gruber warf sich in seinen Fernsehsessel, fest entschlossen, möglichst wenig zur Konversation beizutragen.

„Sicher nicht leicht heute, Polizist zu sein", begann Hartnagel nach einigen Sekunden ungemütlichen Anschweigens.

„Leicht war es nie", erwiderte Gruber mürrisch.

„Aber Sie lieben Ihren Beruf, oder?"

„Schwer zu sagen. Ich weiß, dass ich meine Frau liebe. Aber ob man es lieben kann, ständig zweifelhafte Todesfälle untersuchen zu müssen, weiß ich wirklich nicht. Habe ich mich auch nie gefragt."

„Dass es keinen Spaß macht, verstehe ich. Aber eine gewisse Leidenschaft für den Job, die braucht es schon, schätze ich mal."

Gruber nickte nur.

Ingrid kam herein und stellte die Vase mit Grubers Blumenstrauß auf dem Couchtisch ab.

„Wissen Sie schon, wo Sie unterkommen?", fragte Gruber ihren Gast dann.

Hartnagel warf Ingrid einen Blick zu.

„Ich dachte, die paar Tage, die er hierbleiben möchte, kann er auch bei uns wohnen", sagte Ingrid. „Ich meine, wir haben doch mehr als genug Platz, oder?"

Gruber nickte ergeben. Adios, ungestörte Nachtruhe, dachte er.

12

„Eigentlich dachte ich, es wäre nur eine Frage der Zeit“, sagte Schmidinger mit hörbar bedrückter Stimme. „Aber der Kerl ist wie vom Erdboden verschluckt. Absolut keine Spur von ihm. Und langsam weiß ich nicht mehr, wo ich noch suchen soll.“

„Und was spricht sein Anwalt, der famose Herr Grünfeld?“, fragte Gruber.

„Der bleibt weiter bei seiner Version, dass er aus bekannten Gründen in Deckung bleiben möchte.“

„Verstehe ...“ Gruber setzte sich auf die Gartenbank und betrachtete seine Obstbäume, die nach dem ungewöhnlich langen, kalten Winter noch keinerlei Anzeichen von Blüten zeigten. Das wird dauern heuer, dachte er.

„Und bei dir, was tut sich bei euch?“, fragte Schmidinger.

„Nun ja, könnte sein, dass dieser Melzer vielleicht doch nicht unser Mann ist. Wir haben gestern nämlich einen sehr interessanten Herrn kennengelernt, sozusagen einen weiteren Erzfeind von Leschnik. Übrigens ein Tipp von Grünfeld.“

„Mensch, lass hören ...“

Gruber erzählte Schmidinger kurz von seinem Besuch bei Mühlbacher und seiner Einschätzung der Lage.

„Das wäre ja ein Ding." Die Erleichterung war Schmidinger anzuhören.

„Allerdings."

„Und jetzt?"

„Tja, genau das ist das Problem. Jetzt erst können wir gar nichts machen, fürchte ich. Aber was anderes: Ich würde gerne mit der Ex-Kollegin von Leschniks Nichte reden. Wäre das möglich?"

„Überhaupt kein Problem", sagte Schmidinger. „Ich weiß nur nicht, was du dir davon versprichst."

„Das weiß ich selber nicht genau. Ist sie noch als Prostituierte im Geschäft?"

„Nein. Soviel ich zuletzt gehört habe, arbeitet sie jetzt als Kellnerin."

„Kein Wunder. Aber umso besser."

„Hm, willst du gleich los?"

„Wenn es möglich wäre, warum nicht?"

„Okay. Sie wohnt in einem Hochhaus gleich hinter der Lehener Brücke. Ich frage nach, ob sie zuhause ist und gebe dir dann Bescheid."

„Prima. Ich danke dir."

„Nichts zu danken. Bis gleich dann."

Gruber steckte sein Handy in seine Jackentasche und kehrte zurück an den Frühstückstisch.

„Ich fahre noch mal rüber nach Salzburg", sagte er zu Ingrid. „Eine Zeugin befragen ..."

„Und, kommt der Schmidinger voran?"

„Leider nicht so recht."

„Kann sein, dass wir am Nachmittag zum Chiemsee rausfahren", sagte Ingrid. „Und vielleicht noch rüber zum Schloss."

Gruber nickte nur, trank seinen Kaffee aus und verabschiedete sich. Er fragte sich, wie lange er diesen Kerl ertragen könnte. Was wollte der Penner überhaupt hier? Der Mann hatte irgendein Problem, das war ihm gestern sofort klar gewesen. Vermutlich eines der finanziellen Art, so als freiberuflicher Künstler. Ich sollte ihn einfach aus Versehen erschießen, dachte er, während er das Halfter mit der Heckler & Koch aus dem Flurschrank holte und anlegte. Er saß schon im Wagen, als sein Handy erneut klingelte. Es war Bischoff. Mit Neuigkeiten bezüglich Alexandra Zeller.

„Sie war gestern Abend für circa eine Stunde aus, im König Ludwig, diesem Café in der Bahnhofstraße", sagte sie. „Hat am Tresen zwei Gläser Aperol getrunken und sich dabei kurz mit einem jungen Mann unterhalten, der bereits vor ihr da war. Über was sie gesprochen haben, war nicht auszumachen, aber der Eindruck des Kollegen war, dass die beiden sich näher stehen, als sie vorgegeben haben."

„Aha. Und wissen wir auch schon, wer der Mann war?"

„Wenn der Wagen, mit dem er unterwegs war,

sein eigener war, dann ist sein Name Gerhard Maria Schuhbeck, geboren am 16.11.1985 in Traunstein und wohnhaft in Seebruck, Alpenweg zwölf. Und ein Typ, den wir uns unbedingt näher anschauen sollten."

„Wieso das denn?"

„Er hat ein paar Vorstrafen wegen Unterschlagung und Betrugs und steckt augenblicklich wohl ziemlich in der Klemme, Spielschulden und so. Meint jedenfalls der Kollege Zinner vom Betrugsdezernat, der schon zweimal mit ihm zu tun hatte."

„Was ist der Herr denn von Beruf?"

„Gelernt hat er Versicherungskaufmann. Dann ist er auf Gastronomie umgestiegen und hat sich unter anderem als Eventmanager versucht. Ich bin gerade dabei, das Ganze genauer zu überprüfen. Und bei dir?"

Gruber zögerte kurz. Es war an sich nicht seine Art, mit Kollegen über private Dinge zu reden, aber wem sonst sollte er sein Leid klagen, wenn nicht der Bischoff. Sein Töchterchen war irgendwo in Berlin als Produktionsassistentin beim Film unterwegs, und Evi, seine Ex-Frau, hätte nur gelästert und ihm noch mehr zugesetzt. Und sein Freund Schott war für Beziehungsprobleme nicht sonderlich empfänglich. Der hätte nur gesagt: Wenn du willst, komme ich vorbei und leg ihn um.

„Wir haben gestern Abend Besuch bekommen“, sagte er. „Von Ingrids erstem Mann. Warum gerade jetzt, weiß ich noch nicht. Ich habe mich gleich nach dem Abendessen verdrückt. Aber es hat nichts Gutes zu bedeuten, da bin ich mir absolut sicher.“

„Jetzt mal nicht gleich den Teufel an die Wand ...“

„Jedenfalls fahre ich jetzt nach Salzburg und spreche mit der Frau, die sich damals mit Leschniks Nichte die Wohnung geteilt hat. Irgendwie habe ich nämlich den Eindruck, dass wir ganz am Anfang ansetzen müssen, um diese Geschichte zu verstehen.“

„Ist die noch als Prostituierte tätig?“

„Nein. Sie arbeitet inzwischen als Kellnerin, sagt Schmidinger.“

„Okay, dann viel Erfolg.“

Gruber startete den Motor und fuhr los. Am Fuß des Hallabrucker Bergs, gerade als er sich entscheiden musste, ob er gleich in Richtung Salzburg fahren sollte oder doch zuerst ins Büro, meldete sich Schmidinger und gab ihm die Adresse der Frau durch. Er würde dort um zehn am Hauseingang auf ihn warten.

13

Gruber war zu früh dran, fast eine halbe Stunde. Doch als er endlich einen Parkplatz gefunden hatte, gegenüber dem neuen Kongresshaus, war es bereits zehn vor zehn. Er stieg entnervt aus, holte sich einen Parkschein und trabte zur Salzach hinab, um dort dem Gehweg entlang des Flusses zu folgen, der ihn zu dem Wohnblock mit Iris Pakulas Wohnung bringen würde. Er blickte nur kurz zur Altstadt und der darüber thronenden Festung hinüber. Zwar verstand er, weswegen jedes Jahr Heerscharen von Touristen aus aller Welt die Stadt überschwemmten, er selbst war von dieser Kulisse wie aus einem Märchenbuch jedoch nie sonderlich beeindruckt gewesen. Wenn er nach Salzburg kam, dann entweder aus beruflichen Gründen oder zu einem Konzert in der Salzburgarena.

Punkt zehn Uhr stand er vor der Glastür des Hochhauses. Zwei Minuten später tauchte Schmidinger auf, eine Aktentasche in der Hand.

„Ich habe uns schon angekündigt", sagte er, nachdem er Gruber die Hand geschüttelt hatte. „Erfreut war sie nicht gerade, aber das soll uns nicht weiter interessieren."

„Na ja, muss ja auch schlimm für sie gewesen sein."

Schmidinger nickte nur und drückte auf den Klingelknopf. Gleich darauf ertönte der Summer und sie betraten das Haus.

„Aber jetzt sag schon, glaubst du wirklich, dieser schwerreiche Heimkehrer und Ex-Kinderschänder ist eine heiße Spur?", fragte Schmidinger, während sie in den siebten Stock hinauffuhren.

„So, wie ich den Kerl einschätze, absolut", erwiderte Gruber. „Nur sehe ich im Augenblick leider keine Chance, wie wir ihn deswegen in die Zange nehmen könnten."

„Dann sollten wir uns vielleicht mal zusammensetzen und eine Strategie austüfteln, oder was meinst du?"

„Ja, warum nicht?"

Die Frau, die ihnen die Tür öffnete, war schätzungsweise Mitte zwanzig und mit einem Hausmantel bekleidet. Gruber fand sie durchaus attraktiv, auch wenn sie ungeschminkt und unfrisiert war und ihr mürrischer Gesichtsausdruck verriet, dass sie vom Besuch der beiden Beamten nicht gerade angetan war.

„Wir kennen uns ja bereits", sagte Schmidinger grußlos und drängte sich an der Frau vorbei in den engen Flur, in dem es nach Katzenpisse roch.

Iris Pakula schloss hinter Gruber die Tür, und Gruber folgte Schmidinger in das kärglich möblierte Wohnzimmer, wo er gerade noch mitbekam, wie zwei Katzen, eine schwarz und eine grau, Zuflucht suchten. Die schwarze auf dem Geschirrschrank, die graue in der Küche nebenan.

„Tut mir leid, dass wir einfach so reinplatzen", sagte Gruber. „Aber es ist dringend."

„Ja, schon gut. Aber ich habe nicht viel Zeit. Meine Schicht beginnt um eins und ich muss vorher noch einiges erledigen." Sie deutete mit einer müden Handbewegung zum Sofa. „Aber bitte, setzen Sie sich doch."

Gruber schob ein Kissen beiseite und nahm neben Schmidinger auf dem Sofa Platz. Die Frau lehnte sich gegen den Schrank und zog Zigaretten und Feuerzeug aus der Tasche ihres Hausmantels.

„Sie haben gehört, was Herrn Leschnik zugestoßen ist?", fragte Gruber.

„Ja. Furchtbar. Dabei war er so von sich überzeugt ..."

„Wie meinen Sie das?"

„Na ja, weil er echt ein Typ war, der mit allem fertig wurde. Dachte ich jedenfalls. Wir waren mal aus, in einer Kneipe am Rudolfskai, da wollten uns ein paar Betrunkene Ärger machen. Aber er hat irgendwie sofort einen Draht zu denen gefunden und die Sache abgeblockt. Später hat er dann gesagt, wer mit stockbesoffenen, mordlustigen Milizsoldaten fertig geworden ist, der lässt sich doch nicht von ein paar Salzburger Kids erschrecken, die den starken Mann spielen möchten."

„Sehr interessant", sagte Schmidinger mit unverkennbarer Ironie, „aber der Kollege ist eigentlich hier, weil er wissen möchte, wie das war in jener Nacht, als Leschniks Nichte ermordet wurde."

Die Frau blickte Gruber zweifelnd an. „Muss das wirklich sein?"

„Keine Sorge, ich möchte ja keine Details wissen. Eigentlich möchte ich nur wissen, ob auch Sie Melzer für den Auftraggeber des Anschlags halten?"

Die Frau steckte sich eine Zigarette an, schüttelte dann bedächtig den Kopf.

„Dass er so blöd ist, kann ich mir nicht vorstellen", sagte sie. „Ich hatte zwar nie mit ihm zu tun, aber was mir die Angie so erzählt hat und was man sonst so gehört hat ..."

„Was hat man denn so gehört?", hakte Gruber nach.

„Na ja, dass er sein Geld hauptsächlich damit macht, junge Frauen aus Osteuropa in den Westen zu locken und sie hier quasi zu verkaufen."

„Verstehe. Hat er sich eigentlich während der Zeit, als Sie mit Angela Leschnik zusammen waren, mal irgendwie bemerkbar gemacht?"

Iris Pakula schüttelte den Kopf. „Nein, nicht dass ich wüsste."

„Und Angela Leschnik hatte auch keine Angst, weil sie bei ihm ausgestiegen war?"

Erneutes Kopfschütteln.

„Okay, dann zurück zu Ihnen ...", sagte Gruber.

„Ich hatte an dem Abend einen Termin, in einem Hotel in der Altstadt", sagte Iris Pakula. „Ein kanadischer Geschäftsmann aus Toronto, so Anfang vierzig. Ein ganz netter Kerl. Ohne Sonderwünsche und so. Und wie ich dann gegen Mitternacht nach Hause gekommen bin ... So ein Scheiß, wenn sie doch nur auf ihn gehört hätte."

„Wie bitte?"

„Auf Leschnik. Der wollte sie da doch rausholen." Iris Pakula war plötzlich den Tränen nahe. Sie trat vor, drückte ihre Kippe in dem Aschenbecher auf dem Tisch aus und setzte sich in den einzigen Sessel.

„Leschnik hat sich also bemüht, seine Nichte aus diesem Milieu da rauszuholen?", vergewisserte sich Gruber.

„Ja, ziemlich intensiv sogar. Er hat ihr alle möglichen Jobs angeboten, sogar eine Stelle als Volontärin bei einer großen Zeitung in München. Aber Angie wollte nichts von ihm annehmen, auch kein Geld. Sie war immer noch sauer auf ihn. Sie hat ihm bei jeder Gelegenheit vorgeworfen, dass er sich früher auch nie um seine Schwester und sie gekümmert hätte. Dass er immer nur an seine Karriere gedacht hätte und nie zuhause gewesen wäre, während seine Schwester sich allein um ihre kranken Eltern kümmern musste …"

„Verstehe."

„Sie hat immer gesagt, sie möchte auf eigenen Füßen stehen, wenn es sein muss, auch als Nutte."

„Ich würde sagen, vor allem als Nutte", sagte Schmidinger und lachte verächtlich. „Das Ergebnis ist leider bekannt."

Gruber nickte nur. Er hatte genug gehört. Er holte seine Brieftasche heraus, entnahm ihr eine Visitenkarte und reichte sie der Frau. „Wenn Ihnen noch etwas einfällt, rufen Sie mich bitte an, okay?"

„Ja, okay. Mache ich." Iris Pakula brachte die Beamten zur Tür, und Gruber wollte sich eben verabschieden, da sagte die Frau: „Eines verstehe ich bis heute nicht: Wieso hat sie dem Scheißkerl nur die Tür aufgemacht? Wir hatten fest ausgemacht, dass wir immer zu zweit sind, wenn ein Kunde kommt, den wir noch nicht kennen."

„Vielleicht war es ein Stammkunde?", fragte Gruber.

„Die haben wir alle überprüft", sagte Schmidinger. „Von denen war's keiner, definitiv."

„Aber Sie machen doch auch Hotelbesuche?", sagte Gruber. „Haben Sie da keine Bedenken?"

„Hotels sind relativ sicher", erklärte Iris Pakula. „Aber zu privaten Adressen sind wir auch immer zu zweit."

14

„Da drin ist sie verschwunden, so vor gut einer halben Stunde", sagte Reichert. „Ungefähr zehn Minuten danach sind dann die zwei Alten, die den Hof bewirtschaften, mit ihrem VW-Bus abgerauscht. Seitdem stehe ich hier rum und schau blöd in die Gegend."

Gruber nickte dem Kriminalhauptmeister zu, der Alexandra Zeller seit dem Verlassen ihrer Wohnung gegen neun Uhr morgens beschattet hatte. Nicht gerade erfreut über dessen Wortwahl und die Einstellung, die dahinter steckte. Aber er sagte nichts, nahm nur das Fernglas entgegen und richtete es auf den kleinen, allein stehenden Bauernhof in der Senke unter ihnen. Zellers Suzuki Jeep war vor dem Haus geparkt und verdeckte ein anderes Auto, einen schwarzen Kleinwagen. Das einzige weitere Fahrzeug war ein Traktor, der vor der Scheune stand. Zu sehen war niemand. Nur ein paar Hühner spazierten träge auf dem Hof hin und her und auf dem Traktorsitz hatte es sich eine schwarze Katze bequem gemacht.

„Was fährt dieser Schuhbeck gleich nochmal für einen Wagen?", fragte er Bischoff.

„Einen Polo, Baujahr achtundneunzig. Farbe schwarz."

„Dann wird es jetzt endlich spannend, würde ich sagen."

„Du hast schon mal besser geschwindelt", erwiderte Bischoff mit leicht spöttischem Unterton. „Das sagst du doch nur, um mich bei Laune zu halten."

„Wie bitte?" Gruber warf seiner Kollegin einen verdutzten Blick zu.

„Du bist doch längst davon überzeugt, dass dieser Mühlbacher unser Mann ist.

Und dass die Zeller schlimmstenfalls ein Verhältnis mit dieser verkrachten Existenz da unten hat."

„Warten wir es ab."

„So, wie denn? Indem wir hier oben warten, bis die zwei nach ihrem Schäferstündchen wieder rauskommen?"

„Sonst noch jemanden gesehen?", wandte sich Gruber wieder Reichert zu.

Der Beamte schüttelte den Kopf. „Nein, keinen Schwanz weit und breit ..."

Gruber überlegte kurz und entschied, die Sache direkt und sofort anzugehen. „Du bleibst hier und hältst hier oben die Stellung", sagte er zu Reichert und gab ihm das Fernglas zurück.

„Alles klar."

„Und wir beide machen einen kleinen Spaziergang", sagte er zu Bischoff.

Sie gingen leichten Schritts die Straße hinunter, die rund einen halben Kilometer weiter an der Rückseite des Bauernhauses vorbeiführte und laut Straßenkarte dann nach weiteren zwei Kilometern in die Staatsstraße zwischen Chieming und Seebruck mündete.

„Und wenn er nun doch unser Mann ist", sagte Bischoff, nachdem sie die Hälfte der Strecke zurückgelegt hatten, vorbei an einem blumengeschmückten Feldkreuz mit einer kleinen Holzbank davor.

„Hast du Angst?"

„Du nicht?", fragte Bischoff.

„Wenn er wirklich unser Mann wäre, glaubst du dann, die beiden würden sich schon zwei Tage nach der Tat treffen?"

„Vielleicht ist das ja gerade der Trick dabei. Sie weiß doch genau, dass wir diesem Verhältnis früher oder später auf die Spur gekommen wären. Also serviert sie uns den Kerl quasi auf dem Tablett, weil sie meint, dass wir dann denken, so blöd kann doch niemand sein ...", sagte Bischoff, Gruber grinste. „Kommt mir irgendwie bekannt vor, diese Logik."

Dann hatten sie die Rückseite des Hofs erreicht, wo Gruber kurzentschlossen die Stalltür öffnete und Bischoff zuwinkte, ihm in das feuchte Halbdunkel zu folgen. Seine Kollegin verzog zwar das Gesicht, kam aber hinterher.

„Was soll das denn werden?“, fragte sie. „Ich weiß, wie eine Kuh aussieht. Außerdem ist es illegal, was wir da machen. Warum klingeln wir nicht einfach?“

„Weil ich die beiden in flagranti erwischen möchte, wenn sich schon die Gelegenheit dazu bietet.“

Gruber ging über den schmierigen Betonboden voran, entlang einer von Fliegendreck verzierten Wand mit drei winzigen, schmutzstarrenden Fenstern. Er zählte acht Kühe, die festgebunden leise vor sich hinmampften. Und zwar richtiges Heu, wie er mit Genugtuung feststellte, und nicht diesen Silofraß, der heutzutage fast überall verwendet wurde. Der Anblick weckte Kindheitserinnerungen in ihm. In diesem Stall schien die Zeit wirklich stehen geblieben zu sein, sah alles genauso aus wie bei den Nachbarn, bei denen er jahrelang Milch und Eier geholt hatte und hin und wieder auch ein frischgeborenes Kälbchen hatte besichtigen dürfen.

„Warum mache ich das nur?“, jammerte Bischoff hinter ihm. „Den Gestank kriege ich doch nie wieder raus aus meinen Sachen.“

Gruber achtete nicht auf sie. Er stieß die nächste Tür auf, die sie in die Milchkammer führte, mit zwei Milchkannen auf einem hölzernen Podest und ein paar verdreckten Arbeitsmänteln an einem Haken. Nach ein paar weiteren Schritten standen sie dann endlich im Flur des Wohnhauses, wo ringsum alle Türen offen standen. Sie horchten kurz, doch aus keinem der Zimmer drang ein Geräusch zu ihnen heran. Also gingen sie vorsichtig weiter, erblickten links ein Badezimmer, rechts die Küche, dann ein Wohnzimmer. Erreichten die ausgetretene Holztreppe, die gleich neben der Haustür steil nach oben in den ersten Stock führte. Gruber deutete die Treppe hoch und griff nach dem wackligen Geländer. Bischoff schüttelte nur den Kopf, kam aber erneut brav hinterher.

Auf halber Treppe hörten sie es dann. Irgendwo dort oben ging es zur Sache.

Gruber kamen nun doch Bedenken. Er blieb stehen und fragte sich, ob sie nicht besser im Wohnzimmer warten sollten. Er blickte sich zu Bischoff um, die den gleichen Gedanken zu haben schien. Er nickte ihr zu und wollte eben kehrtmachen, als oberhalb der Treppe eine Gestalt erschien. Ein blonder, nackter Mann um die dreißig, der sie entgeistert anstarrte und sofort wieder verschwand. Gruber machte einen Satz nach oben, rannte den Korridor entlang und fing den Blonden ab, als dieser ihm gerade eine Tür vor der Nase zuschlagen wollte. Er stieß Mann und Tür von sich und erblickte im Bett vor sich Alexandra Zeller, das Bettlaken bis zum Kinn hochgezogen.

„Sie dürfen das gar nicht ...“, rief der Blonde

aus, wich dabei aber zum Fenster zurück, die rechte Hand vor seine Geschlechtsteile gehalten.

„Wir dürfen alles, wenn Gefahr im Verzug ist", erwiderte Gruber. „Und Sie sind eine Gefahr. Sie sind doch Herr Schuhbeck, oder?"

„Er war es nicht, glauben Sie mir", sagte Alexandra Zeller. „Und er hat ein Alibi."

„Da sind wir aber gespannt", sagte Bischoff.

„Ich war mit Freunden zusammen", sagte Schuhbeck. „Können Sie alles nachprüfen."

„Das werden wir, keine Sorge." Gruber warf Alexandra Zeller einen Blick zu, der einen Vorwurf ausdrücken sollte. „Ihre Trauer hält sich ja sehr in Grenzen, muss ich sagen."

Die Frau hielt Grubers Blick stand. „Das müssen Sie schon mir überlassen", erwiderte sie.

15

Gleich sieben. Gruber stieß einen Seufzer aus und überlegte, was er noch an Papierkram erledigen könnte. Es war das erste Mal, seit Ingrid bei ihm eingezogen war, dass es ihn nicht drängte, nach getaner Arbeit heimzufahren. Wenn das mal nicht der Anfang vom Ende ist, dachte er und griff nach der Akte von Leschniks Nichte, die ihm Schmidinger nach ihrem Besuch bei Iris Pakula freundlicherweise überlassen hatte. Er blätterte die ersten Seiten durch und betrachtete die Fotos vom Tatort. Dem Bericht zufolge hatte der Täter die Frau von hinten mit einem Draht erdrosselt, hatte die Frau aber weder vergewaltigt noch irgendwelche Gegenstände aus der Wohnung mitgehen lassen. Ein Raubmord schied also aus. Dass Leschnik deswegen wieder aktiv geworden war, Kopf und Kragen riskiert hatte, leuchtete Gruber ein, keine Frage. Aber hätte Melzer wirklich derartig brutal durchgegriffen, um ein Zeichen zu setzen: Seht her, was passiert, wenn jemand meinen Schutz ablehnt. Er mochte irgendwie nicht daran glauben. Auch da hätte es garantiert, genauso wie bei Leschnik selbst, andere Methoden gegeben. Letztendlich genauso effiziente, aber viel weniger auffällige Methoden. Also doch die Tat eines Verrückten, eines Psychopathen, eines Frauenhassers! Aber warum hatte es dann keine verwertbaren Spuren gegeben? Gut, nicht jeder Wahnsinnige musste auch ein Idiot sein, aber jeder Täter machte auch Fehler. Hinterließ irgendetwas. Aber hier: Nada. Hier waren die Spuren etwas zu gut verwischt.

Ein Klopfen an der Tür unterbrach seine Überlegungen.

„Ja …"

Es war Dr. Werner.

„Sind Sie aus einem bestimmten Grund noch hier?", fragte sie.

Gruber schüttelte den Kopf. „Eigentlich nicht …"

„Ich habe eben Ihren Bericht gelesen. Damit scheint dieser Herr Schuhbeck ja aus dem Schneider zu sein?"

Gruber nickte. „Hätte mich auch gewundert, wenn der Mann da seine Finger im Spiel gehabt hätte." Er klappte die Akte von Leschniks Nichte zu und stützte sich mit den Ellbogen auf den Schreibtisch. „So wie es aussieht, ist alles, was er bisher beruflich angepackt hat, mehr oder weniger schiefgegangen. Das Einzige, was er wirklich beherrscht, ist Schuldenmachen. Der hätte das nie so reibungslos hingekriegt, da bin ich mir ziemlich sicher. Abgesehen davon wäre es zu schön gewesen …"

„Aber diese Alexandra Zeller scheint ja große Stücke auf ihn zu halten, oder?"

„Wie heißt es so schön: Wo die Liebe hinfällt ...“ Gruber lehnte sich zurück und bedeutete der Staatsanwältin, doch Platz zu nehmen.

„Und diese zwei Männer, die Schuhbeck das Alibi ausgestellt haben, die halten Sie für absolut glaubwürdig?“

„In dieser Hinsicht schon. Einen Mörder zu decken ist schließlich keine Kleinigkeit. Abgesehen davon sitzen beide im Gemeinderat und sind honorige Bürger. Schuhbeck wollte ihnen an diesem Abend sein neuestes Projekt schmackhaft machen, so eine Art Pop-Festival in einer Kiesgrube. Er hat wohl gemeint, wenn er sie entsprechend abfüllt, würden sie die Sache eher befürworten. Nein, den Herrn Schuhbeck können wir streichen.“

„Und sonst? Ich habe gehört, Sie waren heute Vormittag in Salzburg.“

Gruber nickte erneut. „Mir ist jetzt vollkommen klar, warum Leschnik sich auf diesen Melzer eingeschossen hatte. Das mit seiner Nichte war wirklich eine Riesenschweinerei. Aber ...“ Er stockte.

„Aber Sie glauben auch in diesem Fall nicht, dass Melzer dafür verantwortlich war?“

„Sie sagen es. Es ist wirklich zum Verzweifeln.“

Eine Pause entstand.

„Schon irgendetwas Neues, was Leschnik gegen Melzer in der Hand gehabt haben könnte?“

Gruber schüttelte den Kopf. „Auch nichts. Frau Zeller hat zwar versprochen, sich umzusehen, aber ..."

Dr. Werner erhob sich und wandte sich zum Gehen. „Gut. Dann machen Sie aber Schluss hier."

Die Staatsanwältin hatte kaum die Tür hinter sich geschlossen, da klingelte sein Handy. Es war Ingrid.

„Bist du noch beschäftigt?", fragte sie. „Wenn nicht, dann komm doch mit zum Abendessen. Ich glaube, heute ist es endlich mal so warm, dass wir noch draußen essen können."

Gruber zögerte. Er hatte durchaus Appetit, aber keine Lust auf Small Talk mit diesem Hartnagel. „Und wo?", fragte er dennoch.

„Vielleicht im Hofbräuhaus am Stadtplatz? Oder weiß du was Besseres?"

„Nein, nicht unbedingt."

Eine halbe Stunde später saßen sie gemeinsam am Tisch vorm Hofbräuhaus, umringt von meist älteren Touristen, ein paar Geschäftsleuten und den üblichen Stammtischbrüdern, und warteten auf ihr Essen. Ein mit Gruber bekanntes Ehepaar hatte sie zwar eingeladen, an ihrem Tisch Platz zu nehmen, aber Gruber hatte dankend abgelehnt. Er war immer noch übellaunig und es reichte ihm schon, mit diesem Hartnagel Konversation führen zu müssen.

„Die Stadt hat sich ja ganz schön verändert", sagte Hartnagel und deutete auf den gegenüberliegenden Stadtplatz, auf dem sich gerade eine etwa zwanzigköpfige Reisegruppe in Richtung Kirche bewegte, begleitet von einer Führerin, die gestenreich Erklärungen abgab. „Als ich zuletzt hier war, war das eine grüne Insel mit großen Bäumen und Bänken in der Mitte. Und der Turm da vorne ist auch neu, oder?"

„Der Jacklturm, ja ...", sagte Gruber. „Den haben sie vor zehn Jahren wieder aufgebaut."

„Jackl was?"

„Woher der Name kommt, weiß keiner", erwiderte Gruber. „An der Stelle war im Mittelalter halt das untere Stadttor."

„Passt richtig gut ins Stadtbild, finde ich."

„Du müsstest erst mal draußen herumfahren", sagte Ingrid. „Keine Kaserne mehr, dafür an jedem Eck und Ende ein Gewerbegebiet. Traunstein expandiert."

Hartnagels Blick wanderte wieder zurück zum Stadtplatz. „Aber dieses Kaufhaus gibt es immer noch, wie ich sehe."

„Der Ufo, ja", erwiderte Gruber. „Die haben sich zum Glück gehalten."

„Ufo?"

„Unterforsthuber", erklärte Gruber.

„Ja, richtig. War da nicht mal ein Restaurant drin, oben im zweiten oder dritten Stock?"

„Genau. Das gibt es aber schon lange nicht mehr."

Gruber grinste. „Wenn ich mal pensioniert bin, arbeite ich da drin als Ladendetektiv weiter."

Das Essen kam, und Gruber schmeckte es richtig gut. Backhähnchen mit Kartoffel- und Gurkensalat, seine Lieblingsspeise. Er taute langsam auf. Vielleicht war dieser Hartnagel doch kein so großes Arschloch, wie er immer gedacht hatte. So gönnte er sich anschließend ein zweites Bier, und als Ingrid den Vorschlag machte, noch die eine oder andere Kneipe aufzusuchen, sagte er nur: „Warum nicht?"

16

Gruber brauchte ein paar Sekunden, um festzustellen, was ihn geweckt hatte: Er hatte Herzklopfen. Eigentlich schon Herzrasen. Einen Pulsschlag, der wie Kanonendonner in seiner Brust dröhnte. Er setzte sich abrupt auf und blickte zur Seite. Und erschrak ein zweites Mal: Ingrid lag nicht neben ihm. Er atmete ein paar Mal tief durch, erleichtert darüber, dass er keine Brustenge oder sonst wo Schmerzen verspürte. Dann schwang er die Beine über die Bettkante und erst da fiel ihm auf, dass es bereits taghell war im Zimmer. Er warf einen Blick zum Wecker. Schon acht vorbei. Er wartete noch ein paar Sekunden, ehe er vorsichtig aufstand, ins Treppenhaus tappte und horchte. Aus dem Badezimmer war Ingrids Stimme zu hören. Er schüttelte verwundert den Kopf. Was zum Teufel ging dort unten vor? Und er wollte schon los, als ihm plötzlich schwindlig wurde und er sich am Treppengeländer festhalten musste. Widerwillig machte er kehrt und setzte sich wieder aufs Bett, wobei er erst jetzt bemerkte, dass er völlig verschwitzt war. Mit fahrigen Bewegungen zog er seinen Schlafanzug aus und warf ihn achtlos zu Boden. Dann überprüfte er erneut seinen Puls und fand ihn schon etwas ruhiger. Wahrscheinlich habe ich nur schlecht geträumt, sagte er sich. Kein

Wunder, nach dieser Nacht. Auch wenn ihre kleine Kneipentour wider Erwarten recht unterhaltsam und ohne jeden Streit ausgefallen war, das Problem war einfach, dass er nichts mehr vertrug. Er nahm sich frische Unterwäsche aus der Kommode, zog Hemd und Hose an und ging hinunter, wo er Ingrid im Flur antraf, mit einem Blutspritzer an ihrem Bademantel. Aus dem Badezimmer waren nun heftige Hustengeräusche zu vernehmen. Gruber starrte seine Frau entsetzt an.

„Was ist denn hier los?"

„Er hat beim Rasieren einen Hustenanfall bekommen und sich dabei geschnitten. Nicht weiter schlimm."

Gruber blickte missmutig zur Badezimmertür. „Ich müsste mich auch mal frisch machen", sagte er.

„Er ist gleich fertig. Komm, trink erst mal einen Schluck Kaffee. Du siehst auch ziemlich mitgenommen aus."

„Das hört man gerne." Gruber betrat hinter Ingrid die Küche und setzte sich. Er fühlte sich richtiggehend erschlagen und überlegte, ob er sich den Vormittag nicht frei nehmen sollte. Sie steckten ohnehin in einer Sackgasse. Noch konnten sie die Presse mit dem Verweis auf Melzers Fluchtbewegung hinhalten, aber wie lange noch? Und wie sie diesen Lackel von Mühlbacher aus der Reserve locken könnten, dazu war ihm auch noch nichts eingefallen. Langsam wird es eng, dachte er, verdammt eng.

„War trotzdem ein schöner Abend gestern", sagte Ingrid, während sie Gruber eine Tasse Kaffee hinstellte, gefolgt von einem Glas Wasser und zwei Aspirin-Tabletten.

„So, findest du?" Gruber schluckte die Tabletten, spülte nach und nippte am Kaffee.

Hartnagel betrat die Küche, mit leicht geschmerztem Blick und ebenfalls nicht gerade sicher auf den Beinen. Gruber musterte sein noch feuchtes, glattrasiertes Gesicht, konnte aber keine Verletzung bemerken. Irritiert schaute er zu Ingrid, die seinem Blick aber auswich und sich am Herd zu schaffen machte. Hartnagel setzte sich Gruber gegenüber und schnitt eine Grimasse.

„Tut mir leid, wenn ich für Unruhe gesorgt habe", sagte er. „Anscheinend bin ich langsam aus dem Alter fürs Nachtleben raus."

Gruber winkte ab. „Ja, ja. Wir sind alle nicht mehr die Jüngsten."

„Ihre Ansichten haben mich jedenfalls überrascht. Ein liberal eingestellter Bulle, das hat heute Seltenheitswert, finde ich."

„So? Was habe ich denn gesagt?" Gruber konnte sich an keine Einzelheiten erinnern.

„Na ja, das mit dem Bankgeheimnis zum Beispiel. Dass Sie dafür sind. Dass für Kontodurchsuchungen dieselben richterlichen Barrieren gelten sollten wie für Hausdurchsuchungen."

„Das soll ich gesagt haben?"

„Ja. Und noch einiges mehr. Zum Beispiel, dass Sie gegen jede Art von Videoüberwachung in der Öffentlichkeit sind ..."

Bevor Gruber darauf eingehen konnte, hörte er sein Handy im Schlafzimmer klingeln. Er stand abrupt auf, stolperte die Treppe hoch und nahm den Apparat vom Nachttisch. Es war Alexandra Zeller.

„Haben Sie nicht gesagt, das wäre geklärt", warf sie ihm grußlos mit aufgebrachter Stimme vor.

„Was geklärt?", gab er perplex zurück. „Ich verstehe kein Wort."

„Dass Sie mich beziehungsweise Herrn Schuhbeck nicht mehr im Verdacht haben", sagte sie. „Oder stimmt das etwa doch nicht?"

„Ähhh nein", erwiderte Gruber. „Natürlich, das stimmt."

„Ich werde also nicht mehr observiert?"

„Nein, nicht dass ich wüsste. Warum fragen Sie?"

„Weil ich dachte ... Ach was, vergessen Sie es, okay?" Und weg war sie.

Gruber legte das Handy zur Seite. Er verspürte plötzlich rasende Kopfschmerzen und das Schwindelgefühl meldete sich auch wieder. Also warf er sich aufs Bett, zog sich das Kissen übers Gesicht und wartete darauf, dass das Aspirin endlich wirkte. Als er aufwachte, war über eine Stunde vergangen und er fühlte sich besser. Nur ein dumpfer Druck hinter der Stirn, mehr nicht. Dann fiel ihm Alexandra Zellers Anruf ein und er dachte: Die Bischoff traut der Sache wohl nicht. Dennoch wurde er plötzlich von einem Unbehagen erfasst. Zu Recht, wie sich gleich herausstellte.

„Nein, ich habe nichts dergleichen veranlasst", tönte Bischoffs Stimme durch den Hörer. „Oder meinst du, sie trifft sich noch mit anderen Männern?"

„Nein. Aber irgendwie glaubt sie wohl, sie wird noch beschattet."

„Vielleicht hat sie nur ein schlechtes Gewissen und sieht Gespenster?"

„Und wenn nicht?"

„Du meinst, sie könnte verfolgt werden?", sagte Bischoff. „Aber weswegen denn?"

„Genau das sollten wir schleunigst herausfinden. Warte kurz, ich melde mich gleich wieder." Gruber unterbrach die Verbindung und tippte Alexandra Zellers Nummer ein.

Zur Zeit nicht erreichbar.

Er probierte es bei diesem Schuhbeck, dessen

Handynummer er sich glücklicherweise hatte geben lassen.

„Hier ist Gerhard Schuhbeck auf Band. Bitte sprechen Sie. “

„Hier Gruber, Kripo Traunstein. Rufen Sie mich bitte umgehend zurück. Es ist dringend.“

Dann gab er erneut die Nummer der Bischoff ein. „Wir treffen uns in zwanzig Minuten an ihrer Wohnung“, sagte er.

17

Es kam genau so, wie Gruber befürchtet hatte: Niemand öffnete ihnen.

„Sie kann doch weiß Gott wo sein", sagte Bischoff. „Ich verstehe wirklich nicht, wieso du dich so aufregst."

Gruber schüttelte den Kopf. „Und warum geht sie dann nicht ans Telefon? Gerade jetzt, wo sie tausend Dinge um die Ohren hat. Nein, ich habe Mist gebaut, und deswegen rege ich mich auf." Er rüttelte erneut am Türknopf, aber nichts passierte.

„Und was jetzt, willst du vielleicht die Tür eintreten?"

„Ich weiß was Besseres." Gruber holte sein Handy heraus, rief die Auskunft an und erkundigte sich nach der Telefonnummer von Frau Wembacher, der Eigentümerin der Wohnung. Er hatte Glück: Die Frau war zuhause, und da sie gleich um die Ecke auf der Wartberghöhe wohnte, standen sie alle drei zehn Minuten später im Flur der Wohnung und blickten sich forschend um.

„Glauben Sie denn, dass mit der Frau Zeller auch was passiert ist?", fragte Frau Wembacher mit ängstlichem Gesichtsausdruck.

„Ich hoffe nicht", erwiderte Gruber.

Gruber und Bischoff inspizierten Zimmer für

Zimmer, konnten aber nichts Ungewöhnliches feststellen. Im Schlafzimmer und im Bad lagen zwar überall Kleidungsstücke herum, einfach abgelegt oder zum Waschen, und auch sonst war die Wohnung nicht sonderlich aufgeräumt, aber im Prinzip schien alles an seinem Platz zu sein und beschädigt war auch nichts. Sie standen wieder alle im Flur zusammen, ratlos und unsicher, als Grubers Handy klingelte.

„Ja ...?"

„Schuhbeck hier. Sie haben bei mir angerufen ..."

„Richtig. Ist Frau Zeller zufällig bei Ihnen?"

„Warum?"

„Sagen Sie einfach ja oder nein", blaffte Gruber ins Telefon. „Oder ist die Frage zu kompliziert für Ihr Spatzenhirn?"

Kurze Pause. Dann: „Nein, wieso? Nein, sie ist nicht bei mir."

„Wissen Sie dann vielleicht, wo sie sein könnte? Sie geht nicht ans Telefon, und ich müsste sie dringend sprechen."

„Tut mir leid, Herr Kommissar, da bin ich überfragt."

„Okay, dann tun Sie mir einen Gefallen, ja?" Gruber hatte sich wieder etwas beruhigt. „Fragen Sie überall dort nach, wo sie sein könnte. Und wenn es geht, ein bisschen fix. Wäre das zu machen?"

„Ja, klar."

„Und jetzt?", fragte Bischoff, nachdem Gruber sein Handy wieder eingesteckt hatte.

„Jetzt werden wir jeden in der Straße fragen, ob er sie gesehen, ob er irgendetwas gesehen hat." Er zuckte hilflos mit den Schultern. „Was anderes fällt mir im Moment auch nicht ein."

„Dann wäre es aber gut, wenn wir auch ein Foto von ihr dabei hätten!"

Sie fanden nicht eines oder zwei, sondern gleich hunderte, enthalten in vier Fotoalben, die en bloc in einem der Regale im Wohnzimmer standen. Hauptsächlich Urlaubsfotos, augenscheinlich rund ums Mittelmeer aufgenommen, und manche davon waren nicht gerade jugendfrei. Sie steckten jeder eine Porträtaufnahme ein, verabschiedeten sich von Frau Wembacher, und waren kurz darauf wieder unterwegs. Gruber nahm sich die Straßenseite vor, auf der Leschniks Wohnung lag, Bischoff die andere. Nachdem er erfolglos zwei, drei Passanten und ein paar Kinder befragt hatte, ging er in die Häuser hinein. Er klingelte an mehr als zwei Dutzend Wohnungen, fragte in den Wartezimmern von zwei Zahnarztpraxen nach, schaute bei einem Rechtsanwalt, bei einem Wirtschaftsprüfer und bei einer Heilpraktikerin rein, doch niemand konnte ihm weiterhelfen. Niemand hatte Alexandra Zeller in den letzten

Stunden gesehen oder eine verdächtige Beobachtung gemacht. Er fand nur heraus, dass Leschnik ringsum anscheinend recht beliebt gewesen war, dass die meisten Anwohner Alexandra Zeller aber nur vom Sehen her kannten.

Nach gut einer Stunde trafen sie sich bei Grubers Wagen wieder. Beide mit leeren Händen.

„Und jetzt?", fragte Bischoff. „Willst du eine Fahndung einleiten?"

Gruber zuckte mit den Schultern. Richtete seine Aufmerksamkeit dann auf einen älteren Mann mit Hut und Aktentasche, der auf der gegenüberliegenden Straßenseite den Gehsteig entlang kam und sich dem Wohnblock neben der Villa mit Leschniks Wohnung zuwandte. Er setzte sich in Bewegung und erreichte den Mann an der Haustür. Er hielt ihm seinen Ausweis und Alexandra Zellers Fotos unter die Nase.

„Entschuldigung", sagte er. „Haben Sie zufällig diese Frau heute gesehen?"

„Die Freundin von diesem Reporter, Gott hab ihn selig? Ja, die habe ich heute gesehen ..."

„Und wann war das?"

„Wie ich hier weggegangen bin, so um halb zehn."

„War sie allein?"

Der Mann schüttelte den Kopf. „Nein. Soviel ich gesehen habe, waren zwei junge Männer bei ihr."

Gruber und Bischoff blickten sich an.

„Und weiter?“, drängte Gruber.

„Um was geht es denn?“, fragte der Mann zurück. „Steckt sie in Schwierigkeiten?“

„Schon möglich. Also ...?“

„Na ja, ich dachte, es wären Freunde von ihr. Einer hatte seinen Arm um ihre Schultern gelegt.“

„Und wo sind sie hin?“, fragte Bischoff. „Vermutlich in einen Wagen gestiegen, oder?“

Der Mann nickte. „Genau.“

„Und haben Sie zufällig auch mitbekommen, was für ein Wagen das war?“, fragte Gruber.

„Ein dunkelblauer BMW, nicht gerade das neueste Modell ...“

„Die Nummer?“

„Es war eine Traunsteiner Nummer, das bestimmt. Aber sonst, hm, lassen Sie mich kurz überlegen. Der erste Buchstabe war vielleicht ein M, aber darauf wetten würde ich nicht. Was die Ziffern angeht, waren es wohl zwei, aber da müsste ich wirklich raten. Die erste war vielleicht eine Drei, aber wie gesagt ... “

„Und die zwei Männer?“, unterbrach ihn Bischoff. „Wie haben die ausgesehen?“

„Südländisch, wenn ich das mal so sagen darf. Jedenfalls waren beide dunkelhaarig, eher mittelgroß, und getragen haben sie Jeans und Lederjacken. Aber ich könnte nicht mal sagen, ob ein Mann oder eine Frau hinter dem Steuer saß."

Gruber und Bischoff bedankten sich, und der Mann verschwand im Haus.

„Aber wer sollte einen Grund haben, sie zu entführen?", fragte Bischoff. „Das ergibt doch keinen Sinn."

„Wer weiß? Hast du nicht selbst gesagt, dass Leschnik vielleicht gar nicht getötet werden sollte? Dass er nur gewarnt werden sollte? Dass sein Tod quasi ein Versehen war, weil dieser Autokiller Scheiß gebaut hat?"

„Ja. Und?"

„Aber jetzt ist er tot. Kann nichts mehr verraten. Zum Beispiel, was er gegen Melzer bereits in der Hand hatte. Und wo sich dieses Material befindet. Also halten sie sich an seine Freundin."

„Aber sie fahren einen Wagen mit Traunsteiner Kennzeichen!"

Gruber kratzte sich nachdenklich am Kopf. „Ja, das verstehe ich auch nicht. Kann natürlich sein, dass der Wagen geklaut ist, aber unter diesen Umständen ..."

„Müssen wir uns erst einmal an das halten, was wir haben", ergänzte Bischoff. „An einen blauen BMW älteren Bautyps mit Traunsteiner Kennzeichen."

„Genau. Und je eher wir damit anfangen ...“ Gruber stieg in seinen Wagen und Bischoff lief zu ihrem um die Ecke geparkten Roadster.

18

Gruber starrte missmutig auf den Bildschirm. Die Liste aller möglichen Kombinationen war lang. Länger, als sie erwartet hatten. Aber als gestohlen war keines der Fahrzeuge mit den betreffenden Kennzeichen gemeldet. Er drehte sich zur Seite und blickte zu Bischoff, die seine Abfrage in Flensburg wortlos mitverfolgt hatte. Seine Kollegin zuckte stirnrunzelnd die Schultern und sagte: „Ganz schön viele. Das kann dauern."

„Wer weiß? Als Erste nehmen wir jedenfalls die, die schon mal mit uns zu tun hatten", sagte Gruber.

Das waren insgesamt sieben, wie sich herausstellte. Alles Männer im Alter zwischen vierundzwanzig und siebenundsechzig. Fünf Deutsche, ein Italiener und ein Bosnier. Sechs davon waren vorbestraft und einer der Deutschen war als Zeuge bei einem Raubüberfall auf eine Tankstelle in Erscheinung getreten. Die Delikte waren so vielfältig wie üblich: Diebstahl, Hehlerei, Körperverletzung, schwerer Verkehrsunfall unter Alkoholeinwirkung sowie zweimal Drogenbesitz.

„Ich schätze, den Unfallfahrer können wir vorerst ausschließen", sagte Gruber.

„Mit seinen siebenundsechzig Jahren dürfte er wohl ein wenig zu alt sein, um Gangster zu spielen."

„Und wenn sein Sohn oder wer die Karre gefahren hat?"

„Darauf können wir immer noch zurückkommen", beschied Gruber.

„Wie du meinst. Und wie gehen wir vor? Dem Alphabet nach? Wer am nächsten wohnt? Wer vom Alter her am ehesten in Frage kommt?" Bischoff stand auf und griff nach ihrer Jacke.

„Hm", Gruber lehnte sich zurück und rieb sich die Stirn. Er hatte wieder Kopfschmerzen und ein leichtes Bauchgrimmen dazu. Bloß nicht schlappmachen jetzt, dachte er. Fünf Adressen, netterweise über den ganzen Landkreis verstreut, die sie abklappern müssten. Das konnte dauern. Und genau das hatten sie nicht: Zeit. Sollte er die Kollegen vom KDD einschalten? Oder die Schutzpolizei? Bei all den Herrschaften gleichzeitig nachsehen lassen? Er ging erneut die verbliebenen Namen durch und versuchte, daraus etwas abzulesen. Geboren in Sarajevo, war bei Milo Skerbek, dem Bosnier, verzeichnet.

„Sag mal, der Leschnik hat doch dieses Buch über den Bürgerkrieg in Jugoslawien geschrieben, oder?"

Bischoff nickte. „Ja. Und?"

„Keine Ahnung. Aber der mit der Körperverletzung stammt aus Sarajevo. Vielleicht nur ein Zufall, aber ..."

„Und wo wäre da der Zusammenhang?"

Gruber machte eine hilflose Geste. „Frag mich was Leichteres. Aber ich finde, bei dem sollten wir anfangen."

„Okay, warum nicht? Wo wohnt er?"

„In Tacherting."

„Also auf nach Tacherting." Bischoff stutzte kurz. „Wo ist das überhaupt?"

19

„Da steht er ja“, sagte Bischoff, als sie im Schritttempo den BMW passierten. Der Wagen war direkt vor dem Wohnblock geparkt, in dem sich Milo Skerbeks Wohnung befand. Ein dreistöckiges, schon älteres Gebäude, abgeschirmt von einer mannshohen Hecke. Gruber fuhr um die nächste Ecke und hielt auf einem für Anwohner reservierten Parkplatz. Er stellte den Motor ab und blickte fragend zu Bischoff. „Gehen wir selber oder willst du lieber Verstärkung rufen?“

„Schauen wir uns erst mal um“, erwiderte sie.

Sie stiegen aus und gingen zurück, darauf bedacht, wie ganz normale Spaziergänger zu wirken, die kurz mal eine Runde um das Viertel drehten.

In dem BMW lag nichts herum, was sie auf die Schnelle mit Alexandra Zeller in Verbindung hätten bringen können. Gruber erblickte auf dem Rücksitz nur eine zerknüllte Plastiktüte und ein dunkles Stoffknäuel, das vermutlich ein Pullover war, mehr nicht.

Sie waren schon am Ende der Straße angelangt, als hinter ihnen ein Automotor gestartet wurde. Sie wirbelten herum, und tatsächlich, es war der BMW, der aus der Parklücke ausscherte und Fahrt aufnahm, weg von ihnen.

Gruber und Bischoff rannten los, doch als sie Grubers Peugeot erreicht hatten, war der BMW schon außer Sichtweite. Gruber fuhr los, in Richtung Hauptstraße, von der sie vor wenigen Minuten abgebogen waren. Der BMW blieb verschwunden. An der B 304 angekommen, hatten sie die Wahl: Zurück nach Traunstein oder nach rechts weiter in Richtung Garching. Er blickte zu Bischoff. „Was meinst du?"

„Nach rechts", erwiderte Bischoff.

Gruber ließ einen Lieferwagen vorbei, bog ein und trat aufs Gas. Doch der dichte Gegenverkehr gab ihm vorerst keine Chance, den lästigen Lieferwagen, der ihnen die Sicht versperrte, zu überholen. So ging das etliche Kilometer weit, bis sie sahen, wie ein Stück voraus, hinter einer Rechtskurve, ein Wagen abbog und eine leicht abschüssige Abzweigung zu den Alzauen hinunter nahm. Gruber folgte ihm kurzentschlossen, auch wenn er nicht sicher war, ob es ein blauer BMW gewesen war. Die ungeteerte, mit Schlaglöchern übersäte Straße führte in ein Waldstück, wo sie nach knapp einem Kilometer abrupt an einem Schlagbaum endete. Vor dem Schlagbaum waren zwei Autos geparkt: Milo Skerbeks BMW und ein alter Mercedes mit einem Kennzeichen aus Bosnien-Herzegowina.

Gruber hielt ein Stück hinter dem BMW an, sie

stiegen aus und näherten sich den beiden Fahrzeugen, jeder die Hand an der Waffe. Doch der BMW war leer, ebenso der Mercedes. Und hinter dem Schlagbaum war auch nichts zu erkennen, ringsum kein Lebenszeichen.

„Und jetzt?“, fragte Bischoff mit gesenkter Stimme.

Gruber zögerte. Zugegeben, die Sicht war wirklich schlecht, das Gelände unbekannt, und sie hatten es mit mindestens drei Männern zu tun, so viel stand fest. Drei Figuren, bei denen sie davon ausgehen konnten, dass sie etwas mit dem Mordanschlag zu schaffen hatten. Die also notfalls über Leichen gehen würden, über die von Polizisten inbegriffen. Also würden sie gut daran tun, mit dem Schlimmsten zu rechnen. Andererseits, wer konnte schon sagen, wie tief Alexandra Zeller in der Klemme steckte. Vielleicht ging es in diesen Minuten schon um Leben oder Tod.

„Wir rufen erst mal Verstärkung“, sagte er. „Dann sehen wir weiter, okay?“

„Ja, würde ich auch sagen ...“

Bischoff hatte kaum ausgesprochen, als links von ihnen eine Gestalt zwischen den Bäumen sichtbar wurde. Ein junger, dunkelhaariger Mann, beide Hände halb erhoben, die Handflächen ihnen zugekehrt. Gruber zog erneut seine Pistole und winkte dem Mann zu, er solle näherkommen. Der Mann gehorchte und kam bedächtig, Schritt für Schritt, auf Gruber zu. Als er die Straße erreicht hatte, keine fünf Meter mehr von den Beamten entfernt war, dachte Gruber: Den kenne ich doch! Irgendwo hatte er den Mann schon gesehen. Und zwar kürzlich. Erst dann kam ihm zu Bewusstsein, dass sie der Ankömmling womöglich nur abgelenkt hatte. Dass er sich wie ein blöder Anfänger verhalten hatte.

Zu spät. Eine Pistolenmündung bohrte sich in seinen Nacken, und eine Stimme sagte in gebrochenem Deutsch: „Weg mit der Pistole." Erstarrt blickte er zu Bischoff. Dort spielte sich dasselbe Drama ab. Hinter seiner Kollegin stand ebenfalls ein Mann, eine Pistole auf ihren Hinterkopf gerichtet.

„Machen Sie keinen Blödsinn", sagte der Mann vor ihnen, der nun auch eine Waffe in der rechten Hand hielt, mit kaum erkennbarem Akzent. „Wir haben nicht vor, Ihnen etwas anzutun."

Gruber zögerte kurz, dann ließ er seine Pistole fallen. Er blickte erneut zu Bischoff und sah zähneknirschend zu, wie ihre Waffe den Besitzer wechselte.

„Ich werde Ihnen gleich alles erklären", sagte der Mann weiter. „Aber erst muss ich wissen, ob Sie allein gekommen sind? Sie sind doch von der Polizei, oder etwa nicht?"

„Warten Sie es ab", sagte Gruber.

Der Mann schüttelte unwillig den Kopf. Sein Ton wurde etwas schärfer: „Ich sage es Ihnen noch mal: Sie haben nichts zu befürchten. Es sei denn, Sie zwingen uns dazu. Also?"

Gruber sagte nichts. Auch Bischoff schwieg.

„Okay, wie Sie wollen. Aber auf Ihre Verantwortung ..." Der Anführer des Trios machte eine Kopfbewegung in Richtung Schlagbaum. „Gehen Sie. Bitte."

Gruber und Bischoff setzten sich widerwillig in Bewegung.

20

Ihr Ziel war eine Art Fischerhütte. Ein schmuckloser Bretterbau mit einer kleinen Veranda, nicht weit vom Flussufer entfernt auf einer leichten Erhebung errichtet. Gruber stieß die Tür auf und erblickte zwei Personen: Alexandra Zeller und den Halter des BMW, Milo Skerbek. Alexandra Zeller hockte auf dem einzigen Stuhl in dem rechteckigen, spärlich möblierten Raum. Skerbek stand neben ihr, seine rechte Hand in ihre linke Schulter gekrallt. Die Frau wirkte verängstigt und verwirrt, schien aber unverletzt zu sein. Skerbek verzog beim Anblick der Beamten wütend das Gesicht und drückte Alexandra Zeller, die aufspringen wollte, wortlos zurück auf den Stuhl. Gruber fiel ein Stein vom Herzen. Plötzlich war ihm egal, was noch kommen würde, Hauptsache war, dass der Frau nichts passiert war.

Gruber und Bischoff schoben sich in den Raum, gefolgt vom Anführer der Bande. Die zwei anderen blieben draußen. Skerbek setzte an, etwas zu sagen, wurde vom Anführer aber mit einer Handbewegung zum Schweigen gebracht.

„Ich schätze, Sie wissen vielleicht schon, wer ich bin“, sagte der Mann dann zu Gruber.

Gruber nickte. Die Ähnlichkeit ihres Kidnappers mit Leschniks Begleiter auf dem Foto in seinem Buch war unverkennbar. Er sah fast genauso aus wie der Mann mit dem Fernglas und der Straßenkarte in Leschniks Jeep. „Sie sind der Sohn von dem Mann, mit dem Leschnik während des jugoslawischen Bürgerkriegs unterwegs war, stimmt das?"

„Richtig. Ivo Skolek mein Name. Aber Sie dürfen mich Ivo nennen ... Und sonst? Was wissen Sie sonst noch?"

„Tut mir leid, das Buch habe ich nicht gelesen. Ich habe mir nur die Fotos angesehen."

„Nun, dann werde ich wohl ganz von vorne anfangen müsse, fürchte ich." Ivo steckte seine Pistole wieder ein und stellte sich neben Alexandra Zeller und Milo Skerbek in die Ecke. Gruber und Bischoff blieben mit dem Rücken zur Tür stehen.

„Um eine komplizierte Geschichte kurz zu machen", fuhr Ivo fort, „mein Vater war Deutschlehrer an einem Gymnasium in Sarajevo und wurde von Leschnik engagiert, um für ihn als Fahrer und Dolmetscher zu arbeiten. Für mich, ich war damals elf Jahre alt, eine großartige Sache, wie Sie sich vorstellen können. Mein Vater hatte plötzlich einen aufregenden Job, Leschnik hat gut bezahlt, wir waren tausendmal besser dran als die meisten in diesem verdammten Krieg. Jedenfalls bis zu dem Tag, an dem Leschnik und mein Vater bei einer ihrer Erkundungsfahrten an eine Straßensperre gerieten und von serbischen Milizsoldaten unter Beschuss genommen wurden ..."

„Das tut mir leid", sagte Gruber.

Ivo achtete nicht auf ihn. „Mein Vater war sofort tot. Leschnik dagegen konnte flüchten und hat sich angeblich ein paar Tage lang in den Wäldern versteckt, ehe er sich auf Umwegen in Sicherheit bringen konnte."

„Und das haben Sie ihm natürlich zum Vorwurf gemacht", sagte Bischoff.

„Richtig. Und wäre ich fünf oder sechs Jahre älter gewesen, hätte ich ihn vielleicht sogar umgebracht."

„Ja, klar." Bischoff konnte sich nicht zurückhalten. „Ihr mit eurer blöden Blutrache."

„Urteilen Sie nicht über Dinge, die Sie nicht verstehen", gab Ivo zurück. „Wer hat denn zugesehen im ach so zivilisierten Westen, als meine Landsleute in aller Ruhe von den Serben abgeschlachtet wurden? Ihre Regierung wollte uns ja nicht mal Waffen liefern, geschweige denn eingreifen ..."

„Kommen Sie wieder zur Sache", unterbrach Gruber den Mann.

„Gerne, denn das dicke Ende kommt erst noch. Schlimm genug, dass mein Vater tot war, aber wie Sie wissen, hat Leschnik ein paar Jahre später mit seinem Buch über eben diese Dinge einen Bestseller gelandet. War plötzlich ein berühmter Mann und reich dazu."

„Was sollte er sonst machen?", widersprach Gruber. „Er war schließlich Journalist. Und die schreiben nunmal auch Bücher."

„Das hat meine Mutter auch gesagt ..."

„Wie bitte?", fragten Gruber und Bischoff gleichzeitig.

„Sie haben richtig gehört: meine Mutter. Sie hat mich davon abgehalten, ihm deswegen auf den Leib zu rücken, als ich endlich erwachsen war. Hat behauptet, sie hätte ohne seine Unterstützung nicht überlebt. Und dass Rache zu nichts führen würde. Und irgendwann hat sich mein Hass dann tatsächlich gelegt, auch wenn ich jahrelang nicht daran glauben wollte."

„Und aus welchem Grund stehen wir dann hier?", fragte Gruber.

Ivo lächelte. „Warten Sie ab. Es kommt noch besser. Irgendwann haben wir uns dann sogar getroffen, auf seinen Vorschlag hin übrigens. Oktober 2005 in Wien."

„Und?"

„Sie werden es kaum glauben, aber wir haben uns überraschend gut verstanden." Ivo lächelte erneut. Dieses Mal eher bitter. „Was vielleicht auch daran gelegen hat, dass der Scheißkerl, der damals diese

Milizeinheit befehligt hatte, zu diesem Zeitpunkt bereits tot war, von Unbekannten aus seinem Haus entführt und erschossen aufgefunden."

„Verstehe ..."

Ivo wühlte in seinen Taschen und steckte sich eine Zigarette an. „Ab dann sind wir in Verbindung geblieben, haben uns so einmal im Jahr getroffen und ..."

„Und Sie haben nichts von ihm verlangt?", unterbrach Bischoff den Mann. „Als Entschädigung für den Tod Ihres Vaters? Sie haben ihn nicht zufällig erpresst oder so, und sind jetzt deswegen hier?"

Ivo schüttelte energisch den Kopf. „Warum sollte ich? Wie schon gesagt, er hat meine Mutter immer unterstützt. Sehr großzügig sogar. Und ich habe ziemlich früh damit angefangen, mein eigenes Geld zu verdienen."

Gruber nickte nur. Mit was der Mann Geld verdient hatte oder vermutlich immer noch verdiente, wollte er lieber nicht wissen.

„Und ob Sie es glauben oder nicht", sagte Ivo weiter, „mit der Zeit haben wir uns sogar angefreundet. Er hat mich ein paar Mal zuhause besucht, hat eine Fernseh-Reportage über das heutige Sarajevo gemacht, war auf der Hochzeit meiner Schwester ..."

„Dann verraten Sie uns doch endlich, was das hier soll, warum Sie Frau Zeller entführt haben?" Gruber wurde langsam wütend. Der Schock über ihre Niederlage war vorbei, sie hatten Gewissheit, dass sie am Leben bleiben würden, also wollte er endlich zur Sache kommen.

Ivo ließ seine Kippe fallen und zertrat sie mit dem Absatz seines Stiefels.

„Wir haben Ende Februar zuletzt miteinander telefoniert. Da hat er mir erzählt, dass sie da“, dabei wies er anklagend auf Alexandra Zeller, „einen Freund hätte.

Irgend so einen Angeber, der ständig in Schwierigkeiten steckt. Und wie ich gestern dann von Milo erfahren habe, dass Leschnik tot ist, vor seiner Haustür überfahren, wollte ich sofort Genaueres wissen.“

„Dass er hinter diesem Salzburger Zuhälter her war, davon hat er Ihnen nichts erzählt?“, fragte Gruber.

„Doch, natürlich. Diese fürchterliche Geschichte mit seiner Nichte. Die hat ihm unheimlich zu schaffen gemacht. Ich habe ihm sogar meine Hilfe angeboten, aber er hat nur gemeint, er würde darauf zurückkommen, wenn es soweit wäre.“

„Dann verstehe ich nicht ...“

„Glauben Sie als Polizist denn im Ernst, dass dieser Zuhälter dahintersteckt? Dass er Leschnik umgebracht hat? Wo doch sogar uns bekannt war, dass Leschnik hinter dem Kerl her war!“

Gruber und Bischoff blickten sich erstaunt an. Alle Achtung, sagte sich Gruber, der Mann denkt ja wie ein Polizist. Er lächelte in sich hinein. Dieser Ivo wurde ihm beinahe sympathisch.

Ivo deutete wieder auf Alexandra. „Sie da hat uns gerade erzählt, dass sie nicht mal bedroht wurde. Ich meine, da ist ein Mann, der hinter mir her ist und den ich stoppen möchte und der so eine Freundin hat, aber ich komme nicht auf die Idee, ihr Angst zu machen. Das ist doch völliger Unsinn, einfach nicht zu glauben. Es sei denn, ich bin nicht ganz richtig im Kopf. Aber dieser Melzer ist seit über dreißig Jahren im Geschäft, soviel ich erfahren habe. Also kann er so verrückt nicht sein. Eher das Gegenteil, würde ich sagen."

Er machte eine kurze Pause. Dann: „Also habe ich mir überlegt, wer sonst dafür verantwortlich sein könnte. Der eifersüchtige Freund der Freundin vielleicht? Der weiß, dass dann erst mal alle Welt auf diesen Zuhälter zeigen wird."

„Sagen Sie ihm doch endlich, dass er sich irrt", fuhr Alexandra Zeller die Beamten an. „Sie wissen doch, dass wir nichts damit zu schaffen haben."

Ivo blickte Gruber forschend an. „Stimmt das?"

Gruber nickte. „Ja. Wir haben den Mann überprüft. Er ist sauber. Sie hätten sich das ganze Theater sparen können."

„Und wie? Haben Sie ihn verhört und er hat gesagt: Ich war es nicht."

„Er hat ein Alibi und dafür gibt es Zeugen."

„Zeugen kann man kaufen ..."

„Die nicht."

„Vielleicht hat er jemanden damit beauftragt?"

„Vielleicht geht morgen die Welt unter. Wir wissen nicht alles. Wir können uns nur an das halten, was menschenmöglich ist, jedenfalls nach unseren Maßstäben. Und denen zufolge ist der Mann unschuldig."

Ivo senkte den Kopf und starrte zu Boden. Sekundenlang herrschte angespanntes Schweigen „Nun ja, ich wollte nur absolut sichergehen ...", murmelte er dann.

„Ja, du, weil du immer den harten Burschen spielen musst", meldete sich Milo Skerbek unvermutet zu Wort. „Und was ist mit mir? Ich bin jetzt der Angeschmierte. Ihr könnt wieder abhauen, aber ich? Wo soll ich jetzt hin? Die stecken mich doch sofort in den Knast, wenn ihr weg seid."

„Halt die Klappe, Milo", erwiderte Ivo mit scharfer Stimme. „Wer hat dir denn geholfen, als Ragan und seine Leute hinter dir her waren? Wer hat dir Geld gegeben, damit du ins Ausland abhauen konntest? Wer hat deine Familie beschützt? Sag schon?"

„Okay, okay, ich meine ja nur ..."

„Und wie soll es jetzt weitergehen?", fragte Bischoff. „Müssen wir jetzt alle hier übernachten oder was?"

Ivo machte eine Kopfbewegung in Richtung Tür. „Kommen Sie, Herr Kommissar, machen wir einen kleinen Spaziergang."

Gruber warf Bischoff einen Blick zu, der besagte: Was soll ich anderes machen. Bischoff nickte ihm zu, und Gruber trat ins Freie hinaus, gefolgt von Ivo. Von Ivos Männern war nichts zu sehen.

„Sie haben da eine ziemlich effiziente kleine Truppe", sagte Gruber. „Ich frage also wohl besser nicht, was Sie so machen, wenn Sie nicht gerade Leute entführen?"

„Fragen dürfen Sie ..."

„Vielleicht ein anderes Mal. Jetzt würde mich vor allem interessieren, wie es weitergehen soll?"

„Okay. Dann sagen Sie mir doch mit einfachen Worten, was Sie mir vorwerfen würden, vorausgesetzt, Sie könnten mich verhaften?"

Gruber lächelte grimmig. „Nun, Freiheitsberaubung, Körperverletzung, Nötigung, unerlaubter Waffenbesitz, Angriff auf zwei Polizeibeamte, soll ich weiter reden ...?"

„Nicht unbedingt. Und was würden Sie jetzt machen, mal angenommen, Sie hätten freie Hand?"

„Ich würde Sie auffordern, Ihre Waffen wegzulegen und aufzugeben. Vielleicht lässt Frau Zeller ja mit sich reden und sagt, dass sie freiwillig mitgekommen ist. Und meine Kollegin und ich würden ebenfalls mit uns reden lassen, auch wenn Sie uns einen verdammt großen Schrecken eingejagt haben mit Ihrer Aktion. Und wenn Sie dann noch Ihr Waffenarsenal da verschwinden lassen, wüsste ich nicht, was Ihnen groß passieren könnte."

„Sie sind ein großzügiger Mann, Herr Kommissar."

„Schön, dass Sie das anerkennen."

„Aber ich fürchte, es gibt da ein noch kleines Problem ..."

„So?"

Einer von Ivos Männern tauchte neben ihnen auf und bedeutete Ivo mit einer Geste, dass alles in Ordnung sei. Ivo nickte ihm zu, und der Mann verschwand wieder im Gebüsch, so lautlos, wie er gekommen war.

„Sie haben bereits Ärger mit der Polizei, richtig?", sagte Gruber. „Hätte ich mir eigentlich denken können. Nach Ihnen wird gefahndet, auch richtig?"

„Richtig. Nach mir und einem der beiden Herren, die mich begleiten."

„Tja dann ..."

„Ich werde Sie drei jetzt da in dieser Hütte festsetzen", sagte Ivo. „Irgendwer wird Sie dann schon finden. Und wenn nicht, auch kein Problem. Sobald meine Leute und ich in Sicherheit sind, werde ich bei Ihrer Dienststelle anrufen und sagen, wo Sie zu finden sind."

„Und wann wird das sein?"

„Sie werden es überleben, keine Sorge. Und jetzt noch ein guter Rat: Machen Sie nicht zu viel Druck, was die Fahndung nach uns angeht. Ich meine, was hätte es für einen Sinn, wegen so einer Lappalie das Leben von Unschuldigen zu riskieren.

Denn eines sollte Ihnen klar sein: Auch wir lassen mit uns reden. Aber wir gehen nicht ins Gefängnis. Keiner von uns."

„Sie vergessen Frau Zeller ..."

„Mit der werden Sie schon fertig, würde ich sagen. Also, kann ich auf Sie zählen, Herr Kommissar, auf Sie und Ihre Kollegin?"

„Sie verlangen ein bisschen viel, würde ich sagen."

„Viel? Ich verlange nichts weiter als ein paar Stunden Vorsprung. Und vielleicht noch, dass Sie mit Milo gnädig umspringen. Er steht in meiner Schuld und hat nur getan, was ich von ihm verlangt habe."

Sie hatten den Schlagbaum erreicht. Ivo holte erneut seine Zigaretten hervor und bot Gruber eine an. Gruber schüttelte nur den Kopf und sah zu, wie Ivo ein paar tiefe Züge nahm.

„Ich werde drüber nachdenken", sagte er. „Aber

nur, wenn Sie mir eine Frage möglichst wahrheitsgemäß beantworten."

„Ich höre ..."

„Was hätten Sie gemacht, wenn sich herausgestellt hätte, dass die beiden für den Mord verantwortlich waren?"

Eine Pause entstand.

„Schwer zu sagen", erwiderte Ivo dann. „Was macht man schon, wenn einem Freund so etwas passiert. Man muss irgendetwas unternehmen ..."

„Das ist keine Antwort", sagte Gruber.

Ivo schnippte seine Kippe ins Unterholz und trat von einem Fuß auf den anderen.

„Ich weiß es nicht, ehrlich", sagte er. „Vielleicht hätte ich den beiden die Kniescheiben zerschossen, so wie es diese Typen von der IRA mit Verrätern gemacht haben." Er hob die Hand und deutete in Richtung Fischerhütte. „Also dann, Herr Kommissar, bringen wir es hinter uns."

21

„Sein Name ist tatsächlich Ivo Skolek", sagte Bischoff. „1984 in Sarajevo geboren. Der mit den längeren Haaren dürfte Dragan Belas sein, Jahrgang zweiundachtzig und gesucht wegen Totschlags und einiger anderer Delikte. Was den dritten angeht, werden wir wohl auf die Auswertung der Fingerabdrücke warten müssen."

Gruber nickte nur und unterdrückte ein Gähnen. Er war inzwischen so müde, dass er befürchtete, gleich vom Stuhl zu kippen. Das dumme Gesicht von dem Jagdpächter, der sie am Abend entdeckt hatte, angelockt durch ihre sporadischen Hilferufe, ging ihm nicht aus den Kopf. Es war einfach zu komisch gewesen, wie der Mann erst die Polizei rufen wollte, ehe er sie von ihren Fesseln befreite. Die Frage war nun, wie lange er dichthalten würde. Sie hatten ihm zwar mit allem Möglichen gedroht, sogar mit Beugehaft, machten sich aber keine Illusionen. Irgendwann, vielleicht morgen schon, vielleicht erst in einer Woche, würde er jemandem von seiner Entdeckung erzählen, seiner Frau, einem Arbeitskollegen, einem Jäger-Freund, vielleicht sogar einem Zeitungsfritzen. Und dann müssten sie sich wirklich etwas einfallen lassen, um die Blamage einzugrenzen. Zum Glück hatte sich wenigstens Alexandra

Zeller als kooperativ erwiesen und versprochen, den Zwischenfall nicht an die große Glocke zu hängen, also vor allem diesem Schuhbeck gegenüber nichts davon zu erwähnen. Auch wenn sie zunächst getobt und die Beamten mit allen möglichen Schimpfwörtern bedacht hatte. Aber was soll es, dachte Gruber. Hauptsache, sie waren unversehrt davongekommen. Zumal die paar Stunden, die sie an Händen und Füßen gefesselt, aber nicht geknebelt auf dem Boden der Hütte verbracht hatten, letztendlich nur kalt und unangenehm gewesen waren, nichts weiter. Mit dem Imageschaden könnte er jedenfalls leben.

„Kurz gesagt, wir hatten es mit drei Berufsverbrechern zu tun“, resümierte Gruber. „Mit drei echt bösen Buben ...“

Bischoff blickte ihn verwundert an. „Du nimmst das nicht gerade ernst, oder wie?“, fragte sie.

„Diese Leute sind inmitten von einem der unnötigsten und grausamsten Kriege aufgewachsen“, erwiderte Gruber. „Wir sollten lieber froh sein, dass sie sich so überlegt und diszipliniert verhalten haben. Das hätte auch anders ausgehen können, verdammt anders.“

„Und jetzt?“

„Die Werner hat uns freie Hand gegeben, wie du weißt ...“ Gruber erhob sich. „Und deswegen würde ich sagen: Wünschen wir ihnen erst mal eine gute Heimreise."

„Und das bestimmst allein du, oder wie?"

„Morgen ist auch noch ein Tag", sagte Gruber und schlüpfte in sein Sakko. „Dann lassen wir Interpol und die Kollegen in Sarajevo von der Leine, wenn du unbedingt willst, und meinetwegen auch die Schutztruppen, die da unten noch präsent sind, aber jetzt lege ich mich erst mal für längere Zeit ins Bett."

„Und dieser Milo Skerbek, willst du den vielleicht auch laufen lassen?"

„Der ist doch längst bei Freunden oder Bekannten untergetaucht", sagte Gruber, die Türklinke schon in der Hand. „Warten wir ab, bis er wieder auftaucht."

Gruber erhielt keine Antwort, und so ging er einfach. Doch er war kaum losgefahren, da machte er sich schon Vorwürfe. Ich hätte sie zur Feier des Tages zum Essen einladen sollen, dachte er, statt mit ihr zu streiten. Immerhin kam es nicht alle Tage vor, dass sie derart in die Bredouille gerieten und dann auch noch mit heiler Haut davonkamen. Zugleich wurde ihm klar, dass er immer noch herzlich wenig wusste über seine Kollegin, und das nach über zwei Jahren Zusammenarbeit. Sie waren ein gutes Team, zweifellos, auch wenn Bischoff gelegentlich dazu neigte, sich vorschnell zufrieden zu geben. Oder manchmal wenig flexibel war, wie jetzt mit diesen Jugoslawen. Aber was sie privat so machte? Eigentlich wusste er nur, dass sie in ihrer Freizeit viel Sport betrieb, gerne auf Flohmärkten herumstöberte und hin und wieder das Wochenende dazu nutzte, um ihre Eltern oder Freunde in ihrer Heimatstadt München zu besuchen. Von einem Mann in ihrem Leben hatte er bis heute nichts gehört.

22

Gruber verschlief den halben Vormittag. Als er kurz nach zehn aufwachte, stand Ingrid bei ihm am Bett und musterte ihn mit sorgenvoller Miene. Er stand auf und nahm sie wortlos fest in den Arm.

„Das hätte auch schief gehen können, das weißt du hoffentlich", sagte sie streng.

„Ist es aber nicht", erwiderte er.

„Jedenfalls möchte ich nicht, dass du nochmals so einen blöden Alleingang unternimmst. Oder willst du mich in meinen jungen Jahren schon zur Witwe machen?"

Gruber nickte nur.

„Hast du dir heute frei genommen?"

„Nicht ganz. Wieso?"

„Weil ich ...", Ingrid zögerte kurz, „weil ich mit dem Bernhard noch einen kleinen Ausflug machen wollte, bevor er wieder abreist."

„So, tut er das." Gruber zog seinen Schlafanzug aus und suchte nach frischer Unterwäsche. „Vielleicht verrätst du mir dann endlich, was er eigentlich hier wollte?"

„Mich besuchen, was sonst?"

„Erzähl mir nichts. Irgendwas stimmt mit dem Mann doch nicht."

„Mein Gott, bist du misstrauisch."

„Genau. Misstrauen und Verachtung. Das sind die beiden Eigenschaften, die einen guten Polizisten auszeichnen."

„Mein Gott, wo hast du diesen Schwachsinn denn her?"

„Von Schott. Sagt der Alain Delon in einem Film ... Also, ich höre."

Ingrid setzte sich aufs Bett und bedeutete Gruber, neben ihr Platz zu nehmen. „Er hat sich vor ein paar Wochen ganz überraschend gemeldet", sagte sie schließlich mit brüchiger Stimme. „Und das, nachdem ich über zwanzig Jahre nichts von ihm gehört hatte. Ich wusste nur von gemeinsamen Bekannten, dass er inzwischen auf Mallorca lebt und ganz gut von seiner Malerei leben kann. Er hatte natürlich keine Ahnung davon, dass wir beide jetzt verheiratet sind und wollte erst nicht kommen, als er es erfahren hat. Ich habe ihn trotzdem eingeladen, und eigentlich wollte er erst nach unserem Urlaub vorbeischauen, aber ich habe ihm Bescheid gegeben und den Rest kennst du. Ich weiß, ich hätte es dir vorher sagen müssen, aber ..."

„Aber was?"

Ingrid holte tief Luft. „Er hatte ursprünglich vor, mich zu fragen, ob ich zu ihm nach Mallorca kommen möchte. Er hat eine Finca dort, wunderschön gelegen und mit genug Platz für uns beide, eben etwas, wovon die meisten Deutschen nur träumen können."

„Warum sagst du ihm nicht die ganze Wahrheit?", fragte Hartnagel da unvermittelt von der Tür her. „Sterben ist doch nichts Ehrenrühriges."

Gruber fuhr hoch. „Was soll das heißen?"

„Ich habe Lungenkrebs", erwiderte Hartnagel. „Schon seit sechs Jahren. Aber jetzt bin ich austherapiert, wie es so schön heißt. Prognose: noch etwa ein halbes Jahr. Nur deswegen habe ich mich gemeldet. Um sie zu fragen, ob sie vielleicht noch etwas übrig hat für den Mann, mit dem sie zehn Jahre lang verheiratet war. Ein bisschen Zeit vielleicht. Ein bisschen Wärme und Geborgenheit. Egoistisch, ich weiß. Aber was macht man nicht alles, wenn es anfängt, dunkel zu werden. Man fürchtet sich. Man möchte nicht allein sein ..."

„Das tut mir leid", murmelte Gruber.

„Muss es nicht. Aber ich fand, Sie sollten Bescheid wissen."

„Okay. Ich muss leider los ..." Gruber hielt es nicht mehr aus. Er raffte seine Sachen zusammen, drängte sich an Hartnagel vorbei und eilte hinunter ins Badezimmer, um sich anzuziehen. Zehn Minuten später saß er im Auto und fuhr los in Richtung Stadt. Auf dem Karl-Theodor-Platz parkte er ein und lief die Treppe zum Stadtplatz hoch. Er hatte keine Ahnung, was er in der Stadt wollte. Er schlenderte eine Weile ziellos umher und war bereits im Begriff kehrtzumachen, als er hörte, wie jemand seinen Namen rief. Er drehte sich um, blickte in die Runde und erkannte Kaspar Mühlbacher und seine hübsche Florence an einem der Tische vor der Cortina Eisdiele. Er blieb unschlüssig stehen, aber als Mühlbacher ihm auch noch zuwinkte, fand er, dass er keine andere Wahl hatte, als hinzugehen.

„Ich hoffe doch, Sie sind privat unterwegs“, sagte Mühlbacher. „An so einem schönen Tag sollte niemand arbeiten müssen.“

Möchte wissen, wann du zuletzt gearbeitet hast, dachte Gruber mit plötzlicher Wut im Bauch.

„Trotzdem muss ich sagen, dass ich ein wenig enttäuscht bin, Herr Kommissar ...“

„Ach ja? Worüber denn?“

„Über Ihre Art der Ermittlungen. Ich hätte nicht gedacht, dass Sie so schnell aufgeben, was meine Person betrifft.“

„Wer sagt Ihnen denn, dass ich aufgegeben habe?“

Mühlbacher lachte. „Ein Punkt für Sie. Darf ich Sie trotzdem zu einem Kaffee einladen? Oder haben Sie es eilig?“

Gruber zögerte kurz. Was soll es, dachte er dann. Der Tag war sowieso schon verdorben, und wenn dieser geldstinkende Heimkehrer reden wollte, warum nicht. Er hatte mehr als einmal erlebt, dass Übermut einem Verdächtigen nicht gut bekam. Schon so mancher hatte sich um Kopf und Kragen geredet, nur weil er sich in Sicherheit wog. Er zog sich einen Stuhl heran und setzte sich. Florence rückte ein wenig ab und ignorierte ihn ansonsten.

„Und, darf ich fragen, wie Sie vorankommen?" Mühlbacher beugte sich ein wenig vor und musterte Gruber von oben bis unten. „Eine Festnahme oder so können Sie bis jetzt jedenfalls nicht vorweisen, soweit ich informiert bin."

„Nun, manche Fälle sind vergleichbar mit einer Bergungsaktion", erwiderte Gruber. „Wir räumen die Steine und den Schutt und alles, was sonst noch im Weg liegt, Stück für Stück weg, bis darunter das auftaucht, wonach wir suchen. Das kann zwar dauern und kann furchtbar mühsam sein, aber letzten Endes ist alles nur eine Frage der Zeit."

„Ein schönes Bild. Und ich mag Optimisten."

Die Bedienung kam, und Gruber bestellte sich einen Cappuccino mit einem großen Glas Leitungswasser.

„Bin ich eigentlich verpflichtet, im Lande zu bleiben?", fragte Mühlbacher dann weiter.

Gruber schüttelte den Kopf. „Macht Ihnen das Spiel keinen Spaß mehr? Haben Sie die Lust verloren, Ihre Nachbarn zu ärgern, ihnen den superreichen Müßiggänger vorzuführen?“

„Ich fürchte, Sie unterstellen mir da etwas. Ich habe Ihnen doch erklärt, weswegen ich zurückgekommen bin.“

„Der Wunsch, wieder an die Stätte Ihrer Kindheit zurückzukehren und so, ich weiß.“ Gruber machte eine abfällige Handbewegung. „Das können Sie jemand anderem weismachen …“

Mühlbacher verzog das Gesicht und lehnte sich zurück. Er nahm einen Schluck von seinem Wein, wechselte einen Blick mit Florence, die sich weiterhin unbeteiligt gab. Guckte dann zum Nebentisch, an dem sich ein paar junge Leute lautstark darüber unterhielten, welche Band bedeutender war. Auch Gruber hörte kurz hin, konnte mit der Debatte aber nichts anfangen. Die Namen und Titel sagten ihm alle nichts. Aber der Eifer beeindruckte ihn, und er bedauerte es einmal mehr, dass er nicht mehr mit von der Partie war. Dass die Band, in der er jahrzehntelang die Rhythmusgitarre bedient hatte, nicht mehr existierte. Aufgelöst durch den Abgang zweier Mitglieder, die sich plötzlich zu alt vorgekommen waren, um immer wieder dieselben Popsongs der Sechziger und Siebziger nachzuspielen.

Er nahm seinen Cappuccino in Empfang, bezahlte gleich und wartete ab.

„Sie haben natürlich Recht", sagte Mühlbacher dann unvermutet. „Es war alles nur Maskerade. Die Gründe dafür kennen Sie. Offen gesagt, habe ich meine Kindheit gehasst, jeden einzelnen Tag davon. Diese Dorfdeppen ringsherum, für die man nur ein richtiger Mensch war, wenn man wie sie von früh bis spät geschuftet und alles hingenommen hat, was der liebe Gott einem so auferlegt hat. Und wehe dem, der da nicht mitgespielt oder Schwäche gezeigt hat, wie mein Vater. Haben Sie eigentlich gewusst, dass die am meisten gefürchteten KZ-Aufseher junge Bauernsöhne waren? Nein, wenn ich eines nicht wollte, dann hier meinen Frieden zu finden. Heimat, wenn ich dieses Wort nur höre, könnte ich schon kotzen ..."

Gruber nickte. „Wissen Sie was, genauso habe ich mir das vorgestellt."

„So, haben Sie?" Mühlbacher grinste breit. „Aber Sie kennen die Pointe noch nicht, mein Lieber ..."

„Und die wäre?"

„Nun, es gibt da eine höchst unbeliebte Sekte, die seit langem nach einem neuen Domizil sucht. Könnte gut sein, dass ich denen auf Erbpacht alles überlasse. Jedenfalls möchte ich dann nicht in der Haut meiner lieben Nachbarn stecken. Die leben inzwischen doch alle vom Fremdenverkehr, vom Urlaub auf dem Bauernhof.

Den können sie dann vergessen. Und eine Menge anderer Dinge auch."

„Und Sie glauben, die Behörden spielen da mit?"

„Der Verein ist nicht verboten. Er tut sich nur höllisch schwer, irgendwo unterzukommen. Und das mit den Behörden lässt sich regeln."

„Verstehe ..."

Gruber trank seine Tasse aus, erhob sich, nickte Florence zu und verabschiedete sich.

23

Gruber kam nicht weit. Er stand gerade im Brunnenhof vor dem Eingang zum Rathaus und überlegte, ob er das Friseurgeschäft nebenan aufsuchen sollte, als sein Handy klingelte. Es war Alexandra Zeller.

„Sie müssen mir helfen“, sagte sie ohne Begrüßung.

„Und wie?“, fragte Gruber ebenso lakonisch zurück.

„Es ist wegen dem Gerd. Er ist weg ...“

„Wie, weg? Hat er Sie verlassen?“

„Nein, eben nicht.“

„Was dann?“

„Er ist verschwunden, einfach so über Nacht verschwunden. Er meldet sich auch nicht am Telefon und niemand von seinen Bekannten weiß, wo er steckt.“

„Auch seine Eltern nicht?“

„Nein, die auch nicht. Da ist etwas passiert, glauben Sie mir. Sie müssen etwas unternehmen.“

„Vielleicht ist er nur auf der Flucht vor seinen Gläubigern?“, sagte Gruber und bedauerte es sogleich.

Doch Alexandra Zeller überhörte seine Bemerkung. „Sie sind mir was schuldig, das wissen Sie“, sagte sie stattdessen.

„Ja, ich weiß. Aber vielleicht ist auch etwas anderes passiert. Ein Unfall vielleicht.“

„Da habe ich schon überall nachgefragt, bei Ihren Kollegen von der Verkehrspolizei und in den umliegenden Krankenhäusern. Da war nichts.“

„Tja, und was erwarten Sie jetzt von mir?“

„Ehrlich gesagt, nicht sehr viel. Aber immerhin haben Sie auch mich gefunden, und deswegen dachte ich ...“

„Gut, wir kümmern uns darum, versprochen.“

„Und wie?“

Gruber ging ein paar Schritte, setzte sich auf eine Bank und überlegte kurz. Dass Schuhbeck vielleicht doch Dreck am Stecken hatte und deswegen untergetaucht war, wollte ihm nicht in den Sinn. Da müsste er sich schon gewaltig getäuscht haben. Andererseits musste er zugeben, dass er sich auch nicht besonders bemüht hatte, Schuhbecks Hintergrund auszuforschen. Dass er sich ein wenig schnell mit seinem Alibi zufrieden gegeben hatte. Wer weiß, was mir da vielleicht entgangen ist, dachte er schuldbewusst.

„Wo war er denn, als Sie zuletzt mit ihm Kontakt hatten?“, fragte er.

„Zuhause. Auf dem Hof seiner Eltern.“

„Und wann war das?“

„Gestern Abend, so kurz nach zehn. Er wollte

noch einen kleinen Spaziergang machen und mich dann zurückrufen."

„Was er aber nicht gemacht hat", vergewisserte sich Gruber.

„Genau."

„Okay, dann würde ich vorschlagen, wir treffen uns dort. So in etwa dreißig Minuten, einverstanden?"

„Ja."

Gruber tippte Bischoffs Nummer ein, klärte sie auf und vereinbarte mit ihr, sie an der Inspektion abzuholen. Dann eilte er die Treppe hinab zu seinem Wagen, nun doch zunehmend beunruhigt. Auch Bischoff nahm die Sache durchaus ernst.

„Meinst du, er ist vorbeugend ausgerückt?", war ihre erste Frage.

„Wüsste nicht, was sonst dahinterstecken könnte", erwiderte Gruber. „Aber warum, zum Teufel? Was haben wir übersehen?"

„Wir sollten uns auf jeden Fall seine zwei Alibizeugen noch mal vornehmen."

„Das sowieso."

„Verdammt und zugenäht", Gruber schlug mit dem Handballen aufs Lenkrad. „Diese Geschichte macht mich noch wahnsinnig. Nichts bewegt sich. Der Schmidinger kommt keinen Schritt weiter, was diesen verdammten Melzer betrifft, und dieser Dreckskerl von Mühlbacher lacht sich ins Fäustchen." Er erzählte Bischoff kurz von seiner Begegnung mit Mühlbacher.

„Wir sollten die beiden endlich getrennt voneinander verhören", schlug Bischoff vor. „Vielleicht kommt ja doch was dabei heraus. Diese komische Leibwächterin mag vielleicht äußerlich knallhart sein, aber ..."

„Wenn du meinst", stimmte Gruber halbherzig zu.

Alexandra Zeller war schon da, als sie ankamen. Sie stand neben Schuhbecks Eltern vor dem Haus und blickte ihnen erwartungsvoll entgegen. Gruber und Bischoff stiegen aus und stellten sich vor. Schuhbecks Vater war ein großer, noch recht stattlicher Mann um die sechzig, seine Mutter war klein und schon leicht verknittert. Sie wirkten beide sichtlich besorgt, vor allem die Mutter, die Grubers Hand gar nicht mehr loslassen wollte und ihn mit eindringlichen Worten bat, ihr den Sohn wiederzubringen.

„Er ist kein schlechter Bub", sagte sie. „Nur leichtsinnig halt. Aber er ist kein Verbrecher, das müssen Sie mir glauben. Eine Mutter spürt das ..."

„Haben Sie schon die Umgebung abgesucht?", fragte Gruber den Vater. „Vielleicht ist er bei seinem Spaziergang unterwegs gestürzt oder hatte einen Herzanfall?"

Der Mann schüttelte mit bekümmerter Miene den Kopf. „Habe ich heute morgen schon alles überprüft, Herr Kommissar. Ein paar Nachbarn haben mir dabei geholfen. Aber keine Spur von dem Jungen ..."

„Hm, dann möchte ich mir sein Zimmer ansehen", sagte Gruber zu Alexandra. „Vielleicht findet sich da ein Hinweis."

Sie stiegen nach oben, mit Alexandra Zeller voran. In Schuhbecks Räumlichkeiten angekommen – er verfügte neben einem zweiten Zimmer auch über eine eigene Dusche und Toilette – wandte sich die Frau sofort dem Kleiderschrank zu und durchwühlte die dort gestapelte Wäsche.

„Sie ist weg", sagte sie.

„Wer ist weg?", fragte Gruber, obwohl er bereits ahnte, was sie gemeint hatte. „Seine Pistole. Die hat er immer hier drin gehabt."

Gruber und Bischoff wechselten einen vielsagenden Blick.

„Ich nehme nicht an, dass er eine entsprechende Erlaubnis hatte", sagte Gruber.

Alexandra Zeller schüttelte nur den Kopf.

„Hat er das eigentlich öfter gemacht, einen Spaziergang?", fragte Bischoff. „Ich meine, in seinem Alter joggt man doch eher oder fährt Rad, wenn man Sport treibt."

Die Frau schüttelte erneut den Kopf. „Ich versteh das nicht", sagte sie schließlich. „Ich verstehe es einfach nicht."

„Wir sehen uns selber mal draußen um", sagte Gruber. „Wollen Sie mitkommen?"

Gruber war kurz versucht, die Eltern nach der Pistole zu fragen, ließ es dann aber sein. Er wollte sie nicht noch mehr beunruhigen. Obwohl ihm seine Erfahrung und sein Instinkt längst sagten, dass hier ein böses Ende in Aussicht stand. Sie gingen die Zufahrtsstraße zu der kleinen Anhöhe hoch, auf der sie vor zwei Tagen den Hof erstmals zu Gesicht bekommen hatten. Doch heute hatte die Idylle Risse bekommen, ahnten sie, dass etwas Schreckliches passiert sein musste. Gruber blickte sich aufmerksam um. Die Reifenspuren von Reicherts Wagen, der hier oben geparkt war, als Reichert den Hof beobachtet hatte, waren in dem aufgeweichten Wiesenboden noch deutlich zu erkennen. Aber es waren nicht die einzigen Spuren, wie Gruber nun feststellte. Ein zweiter Wagen hatte ebenfalls kürzlich hier geparkt.

Bischoff war Grubers Blick gefolgt. Sie murmelte „Scheiße" und schaute sich nach Alexandra Zeller um. Doch die Frau schenkte ihnen keine Beachtung. Sie starrte angestrengt auf das Alpenpanorama südlich von ihnen, als ob dort die Lösung zu finden sei. Gruber räusperte sich.

„Und Sie können sich wirklich keinen Grund denken, weswegen Herr Schuhbeck mit einer Pistole in der Tasche das Haus verlässt?“, fragte Gruber. „Ich meine, das heißt doch, dass er entweder etwas Illegales vorhatte oder sich bedroht fühlte.“

„Ich habe keine Ahnung, wirklich ...“

„Über was haben Sie zuletzt denn so gesprochen?“, fragte Bischoff.

„Mein Gott, über alles Mögliche. Über diesen Dreckskerl Melzer, den Sie ja nicht zu fassen kriegen, über Dieter ...“

24

Gruber hatte kaum das Garagentor geschlossen, da stand Ingrid vor ihm und blickte ihn vorwurfsvoll an. „Du darfst so nicht weitermachen", sagte sie. „Du machst dich noch kaputt."

Gruber schüttelte nur den Kopf. Sagte dann: „Tut mir leid, mein Abgang heute morgen. Aber ich habe im Augenblick einfach keinen Nerv ..." Er verstummte und ging mit schweren Schritten voran ins Haus, in dem es seltsam ruhig war.

„Ist er schon im Bett oder was?", fragte er.

„Nein. Ich habe ihn am Nachmittag zum Zug gebracht. Er besucht in München noch Bekannte und fliegt übermorgen dann zurück."

Gruber stellte seine Aktentasche ab, zog sein Sakko aus und nahm das Halfter mit der Heckler & Koch ab.

„Ich wollte ihn nicht vertreiben, ehrlich", sagte er währenddessen. „Offen gesagt, hatte ich mich fast schon ein wenig an ihn gewöhnt."

Ingrid gab ihm einen Kuss auf die Wange. „Du bist ein Schatz."

„Und dass er krank ist, konnte ich ja wirklich nicht wissen. Auf mich hat er eigentlich relativ normal gewirkt."

„Im Augenblick ist er auch vergleichsweise gut

drauf. Wahrscheinlich die Euphorie vor dem Zusammenbruch, hat er gemeint."

Gruber ging ins Bad, um sich die Hände zu waschen und ein frisches Unterhemd anzuziehen. Er war fast den ganzen Tag auf den Beinen gewesen und entsprechend ins Schwitzen geraten. Sie hat Recht, dachte er, ich muss es lockerer angehen. Aber wie? Sie hatten den ganzen Nachmittag damit verbracht, nach diesem Schuhbeck zu suchen. Hatten alle seine Bekannten und die paar Freunde, die ihm nach seinen dubiosen Geschäften noch geblieben waren, ausgefragt. Doch niemand hatte ihnen weiterhelfen können. Der Mann war und blieb verschwunden, spurlos. Zuletzt hatten sie sogar erwogen, ob es vielleicht diese Jugoslawen waren, die ihn entführt hatten. Um sich höchstpersönlich und mit vermutlich drastischen Verhörmethoden davon zu überzeugen, dass er mit dem Mord an Leschnik nichts zu tun hatte. Ein Szenario, das jedenfalls zu den wenigen Anhaltspunkten, die sie bislang hatten, gepasst hätte: Schuhbeck hatte bemerkt, dass er beobachtet wurde, holte seine Pistole heraus, ging nachsehen und fiel der Bande prompt in die Hände.

Gruber trocknete sich die Hände ab und starrte auf sein Spiegelbild. Er hasste sich plötzlich und konnte sich gerade noch beherrschen, nicht das ganze Toilettenzeug mit einer Handbewegung zu Boden zu fegen. Warum, verdammt noch mal, hatte er sich von diesem Ivo breitschlagen lassen und darauf verzichtet, sofort eine Fahndung nach diesen Typen in die Wege zu leiten. Er hatte doch gewusst, dass es sich im Grunde um eiskalte Kriminelle handelte, um Galgenvögel, die vor nichts zurückschreckten.

Zurück in der Küche, setzte er sich an den Tisch und löffelte mit wortloser Verbissenheit die Kartoffelsuppe, die Ingrid ihm hingestellt hatte. Ingrid spürte seine Wut und setzte sich zögernd zu ihm. „Rede mit mir", sagte sie nach einer Weile. „Vielleicht kann ich dir helfen ..."

„Mir kann keiner helfen, so blöd, wie ich bin", stieß er hervor.

„Jetzt übertreib nicht ... "

Gruber schob seinen Teller zurück und wischte sich den Mund ab. Er hatte plötzlich nur noch einen Wunsch: schlafen und vergessen. Also ging er nach oben, zog sich aus und warf sich aufs Bett. Doch aus dem Schlaf wurde nichts. Als er nach fast einer Stunde immer noch wach lag, stand er wieder auf und ging hinunter ins Wohnzimmer, wo Ingrid ein Buch las und nebenbei leise Musik hörte.

Er setzte sich neben sie.

„Hättest du gemacht, was er wollte ...", fragte er nach einer Weile.

„Wahrscheinlich. Ob für länger, weiß ich nicht. Aber für ein paar Wochen bestimmt. Warum?"

„Dann besuch ihn doch. Ich hätte nichts dagegen. Oder wir können ihn mal besuchen, wenn du mich dabei haben möchtest."

„Das würdest du machen?"

„Warum nicht?"

25

Gruber war noch beim Rasieren, als Ingrid ins Bad kam und ihm sein Handy reichte.

„Ich glaube, es ist wichtig“, sagte sie und verschwand wieder zur Tür hinaus.

Es war wichtig. Es war Schadhauser vom KDD mit der Nachricht, dass Schuhbecks Leiche entdeckt worden sei. In einem Waldstück in der Nähe von Vachendorf und mit zwei Kugeln im Kopf. Wider Erwarten gelang es Gruber, ganz ruhig zu bleiben. Nachdem er erfahren hatte, dass auch Bischoff und die Spurensicherung schon verständigt seien, sagte er nur, er werde sich umgehend auf den Weg machen. Dann rasierte er sich fertig, trank im Stehen eine Tasse Kaffee, ignorierte Ingrids fragende Blicke und fuhr los. Er war wie versteinert. Alles seine Schuld.

Als er zwanzig Minuten später an dem kleinen Waldstück etwa einen Kilometer nördlich von Vachendorf ankam, herrschte dort bereits rege Betriebsamkeit. Augenscheinlich hatte Bischoff das Heft gleich in die Hand genommen und alles organisiert, was in so einem Fall vonnöten war. Die Straße war schon abgesperrt und hinter ihm rollten die ersten Busse der Bereitschaftspolizei heran, die mit Suchhunden die nähere Umgebung durchkämmen würde. Er parkte hinter Bischoffs Roadster ein, stieg aus und blickte sich prüfend um. Auch der Hubschrauber war schon in der Luft, wie er nun hörte, auch wenn die Maschine noch von den Bäumen verdeckt wurde. Er nickte ein paar Kollegen von der Schutzpolizei zu und ging dann schweren Schritts etwa zwanzig Meter tief in den Wald hinein, wo sich auf einer kleinen Lichtung Bischoff, Schadhauser und der Polizeiarzt um die Leiche versammelt hatten. Etwas entfernt davon stand ein älterer, ihm unbekannter Mann mit einem Hund. Einem Schäferhundmischling, der knurrte und an der Leine zerrte.

„So wie es aussieht, wurde er hier nur abgeladen", sagte Bischoff zur Begrüßung. „Jedenfalls sind nirgendwo Blutspuren zu sehen."

„Er hat zwei Einschüsse im Hinterkopf, vermutlich aus nächster Nähe", ergänzte der Arzt. „Der Todeszeitpunkt dürfte etwa acht bis maximal zehn Stunden zurückliegen."

„Wer hat ihn gefunden?", fragte Gruber. „Der mit dem Hund da?"

„Genau", erwiderte Bischoff.

Gruber ging in die Hocke und beugte sich über die bereits entkleidete Leiche. Schuhbecks Gesicht wies ein paar Blutergüsse und Schrammen auf, die von Schlägen herrühren konnten. Ansonsten schien er unversehrt zu sein. Seine Kleider lagen, zu einem

Bündel gehäuft, neben ihm. Mit seiner Pistole obenauf. Gruber erhob sich wieder und wandte sich Bischoff zu, suchte in ihrem Blick nach einer Schuldzuweisung.

„Und, was hältst du davon?", fragte er dümmlich.

„Wer dafür in Frage kommt, wissen wir beide", erwiderte sie mit bemüht ausdruckslosem Gesicht. „Die Frage ist jetzt, wie wir damit umgehen."

„Ich verstehe es trotzdem nicht", sagte Gruber.

„Was ist daran nicht zu verstehen? Dein Freund Ivo hat uns alle verarscht, mehr nicht."

Gruber schüttelte nur den Kopf.

„Den Kollegen Schmidinger habe ich schon verständigt", sagte Bischoff. „Er hat zugesagt, dass er so schnell wie möglich herkommt."

Gruber nickte ergeben, und sie machten Platz für die Kollegen von der Spurensicherung. Der Arzt und Schadhauser verabschiedeten sich, und auch Gruber und Bischoff gingen zurück zur Straße, nachdem sie den Hundebesitzer kurz und ergebnislos befragt und dann mit der Auflage entlassen hatten, dass er Stillschweigen bewahren müsse.

„Wir sollten langsam los, es seinen Eltern sagen, bevor sie es von jemand anderem erfahren", sagte Bischoff, als sie ihren Roadster erreicht hatten. „Hier können wir vorläufig eh nichts mehr machen."

Gruber sagte nichts.

„Jetzt hör auf, dir Vorwürfe zu machen.“ Bischoff nahm Grubers Hand und drückte sie kurz. „Diese Typen haben uns ausgetrickst, und das hätten sie vermutlich auch geschafft, wenn wir sofort eine Fahndung nach ihnen eingeleitet hätten ...“ Sie verstummte und blickte zu der Absperrung, an der sich ein paar Neugierige eingefunden hatten. Gruber dachte mit Entsetzen an die nächste Pressekonferenz, die spätestens im Laufe des Nachmittags anstehen würde. Dieses Mal würde es heftig werden, so viel war klar. Im Fall Leschnik hatten sie bislang Luft gehabt, weil sie die Sache weitgehend auf die Salzburger Kollegen hatten abwälzen können. Aber dieser Mord hier ...

„Ich nehme an, du hast bereits alles mobilisiert, was diese Jugoslawen angeht“, sagte er dann.

„Habe ich, keine Sorge.“

„Sehen wir mal nach, ob die Spurensicherung schon was zu bieten hat“, sagte Gruber und machte kehrt.

Das war nicht viel, wie sich herausstellte. Eigentlich nichts. Was an eventuellen Schuhabdrücken vorhanden gewesen war, hatte der Finder mit seinem Hund gründlich vernichtet, und entdeckt hatten die Kollegen auch nichts, jedenfalls nicht im näheren Umkreis der Leiche. Aber vielleicht würde ja eine sorgfältige Durchsuchung des Waldstücks etwas ergeben. Gruber nickte nur. Er hatte im Grunde nichts anderes erwartet. Er war nur verwundert, dass man sich nicht die Mühe gemacht hatte, die Leiche zu vergraben.

Dann hörte er jemanden seinen Namen rufen, drehte sich um und sah Schmidinger auf sie zukommen. Gruber erschrak beim Anblick seines Kollegen. Der sonst so bullig und vital wirkende Mann sah aus, als würde er gleich zusammenklappen. Fahl im Gesicht, unrasiert und mit leicht gebückter Haltung stolperte er zwischen den Bäumen heran. Vermutlich ist er ebenso überarbeitet wie ich, dachte Gruber mitleidig. Sie schüttelten sich die Hände, Gruber stellte ihm Bischoff vor und führte Schmidinger dann zur Leiche. Nebenbei erzählte er ihm von ihrem Zusammenstoß mit den Jugoslawen, ohne dabei aber ihre Gefangennahme zu erwähnen. Stattdessen sagte er nur, dass die Kerle bei Alexandra Zeller aufgetaucht seien und Bischoff und er sie verscheucht hätten.

„Und jetzt meinst du, die sind zurückgekommen, um nochmals gründlich nachzufragen?", fragte Schmidinger, nachdem er sich die Leiche gründlich angesehen hatte.

Gruber zuckte mit den Schultern. „Eine andere Erklärung habe ich nicht."

„Weißt du was, ich glaube, da liegst du völlig richtig. Diesen Brüdern ist doch alles zuzutrauen. Was meinst du, was diese Typen mir schon Ärger gemacht haben. Ein falsches Wort, ein falscher Blick, und schon haben sie ein Messer in der Hand. Mensch, da könnte ich dir Geschichten erzählen ..."

Das war nicht gerade das, was Gruber hören wollte. „Aber der Mann hatte ein wasserdichtes Alibi, verdammt noch mal", entgegnete er heftig.

Schmidinger nickte. „Das glaube ich dir gerne. Aber vielleicht hat es ihm an Überzeugungskraft gefehlt ..."

„Trotzdem."

„Die Welt ist verrückt, mein Freund, und wir stecken mittendrin." Schmidinger klopfte Gruber begütigend auf die Schulter. „Mach dir nichts draus. Wenn wir alles vorhersehen könnten, wäre es leicht."

„Und bei dir?", fragte Gruber. „Immer noch kein Lebenszeichen von diesem Melzer?"

„Nichts. Und soll ich euch was sagen", Schmidinger bezog nun auch Bischoff in das Gespräch ein, „langsam glaube ich wirklich, dass er doch der Anstifter war, dass er aus irgendeinem verrückten Grund heraus so gehandelt hat. Ihr wisst ja selbst am besten, dass es oft Kleinigkeiten sind, die jemanden zum Ausrasten bringen. Oder dass jemand etwas macht, was seinen Interessen eigentlich total konträr läuft, was man rational nicht erklären kann. Jedenfalls würde es mich nicht wundern, wenn er längst im Ausland wäre, mit einer neuen Identität irgendwo im Süden, wo er vielleicht gerade eine plastische Operation über sich ergehen lässt."

„Und was spricht sein Anwalt, dieser Grünfeld?", fragte Bischoff.

„Nur die alte Leier. Sein Mandant sei unschuldig und wolle weiterhin abwarten …"

„Na dann, danke für deine Mühe." Gruber begleitete Schmidinger zurück zu dessen Wagen, tief in Gedanken versunken. Das hätte ihm gerade noch gefehlt, dass sie auch Melzer vielleicht niemals zu fassen kriegten. Wie zum Teufel sollten sie einer Aufklärung näherkommen, wenn die Schlüsselfigur dieser ganzen miesen Geschichte nicht greifbar war?

„Ich werde jedenfalls das Meinige tun, dass wir diese Jugos erwischen, sollten sie noch in Österreich unterwegs sein", versicherte ihm Schmidinger, als sie wieder an der Straße waren. Gruber nickte nur. Schmidinger klopfte ihm nochmals auf die Schulter, stieg ein und fuhr los.

26

Gruber saß an seinem Schreibtisch und grübelte vor sich hin. Zum ersten Mal in seiner Laufbahn spielte er mit dem Gedanken, vorzeitig in Pension zu gehen, dem ganzen Mist den Rücken zu kehren. Ihm stand immer noch die Szene mit Schuhbecks Eltern vor Augen, die hilflose Verzweiflung zweier Menschen, die auf ihre alten Tage nun allein zurechtkommen mussten. Denn was immer für ein Hallodri dieser Schuhbeck auch gewesen sein mochte, um seine Eltern hatte er sich anscheinend gekümmert. Ganz anders hingegen Alexandra Zeller, die nach einem kurzen Moment des Schocks angefangen hatte, die Beamten wüst zu beschimpfen, ihnen alles Mögliche vorzuwerfen, Dummheit, Inkompetenz, Versagen. Und die zuletzt damit gedroht hatte, sich mit der Geschichte noch heute an die Presse zu wenden. Sie kenne da jede Menge Leute, etwa einen Korrespondenten von der Süddeutschen bla bla bla. Und als hätte dies alles nicht gereicht, musste Schmidinger auf der Rückfahrt nach Salzburg auch noch einen Unfall haben.

Gruber registrierte kaum, dass Dr. Werner sein Büro betreten hatte. Die Staatsanwältin setzte sich unaufgefordert und blickte ihn sekundenlang mitfühlend an.

„Ist Frau Bischoff noch unterwegs?“, fragte sie schließlich.

Gruber nickte. „Ja. Sie wollte nach der Obduktion noch kurz ihre Eltern besuchen. Ihrem Vater geht es momentan nicht so besonders. Hat irgendwelche Probleme mit den Herzklappen und muss demnächst wohl operiert werden.“

„Auch das noch!“ Dr. Werner zögerte erneut, wirkte etwas verlegen. „Apropos Probleme“, sagte sie dann, „die in München fangen an, mächtig Druck zu machen.

Ich habe versucht, ihnen alles zu erklären, aber Sie wissen ja, wie das läuft. Ich meine, wenn wir wenigstens eine Festnahme vorweisen könnten, eine konkrete Spur, irgendeinen Nachweis, dass wir nicht gerade untätig sind ...“

Gruber sagte nichts.

„Jedenfalls sollten Sie damit rechnen, dass sich das LKA einschalten wird, sollte sich die nächsten ein, zwei Tage nichts bewegen.“

Gruber wusste aber auch darauf nichts zu erwidern.

„Haben wir denn gar nichts, was wir als Erfolg verkaufen könnten?“, fragte die Staatsanwältin nach einer weiteren Pause.

Gruber schüttelte den Kopf.

„Zu dumm auch, dass der Kollege Schmidinger

ausgerechnet jetzt ausfallen musste. Wie geht's ihm denn eigentlich?“

„Wie ich zuletzt mit ihm telefoniert habe, so vor einer halben Stunde, war er gerade auf dem Weg ins Krankenhaus, um sich durchchecken zu lassen. Er meinte aber, er hätte schlimmstenfalls eine leichte Schädelprellung und ein paar angeknackste Rippen.“

„Na Gott sei dank. Hm, und was sind jetzt Ihre nächsten Schritte?“

„Wenn ich das wüsste ...“

„Gut, dann bis später. Und denken Sie an die Pressekonferenz um siebzehn Uhr.“ Dr. Werner erhob sich und verließ das Büro. Eine Minute später klingelte Grubers Handy.

„Hallo. Spreche ich mit Hauptkommissar Gruber?“ Eine weibliche Stimme, hastig und leicht undeutlich.

„Ja, hier Gruber.“

„Ich hab ihn gesehen, er ist direkt an mir vorbeigefahren. Wenn Sie gleich rüberkommen, erwischen Sie ihn vielleicht noch ...“

„Moment. Wer spricht denn dort?“, unterbrach Gruber die Frau.

„Iris Pakula. Sie waren vor ein paar Tagen bei mir, wegen Angie. Und jetzt hab ich ihn gesehen, ganz zufällig ...“

Gruber sprang auf, plötzlich wie elektrisiert. „Sie meinen Melzer?"

„Ja, Richie, sage ich doch. In der Moosstraße. Ich hab dort eine Bekannte besucht, und da ist er an mir vorbeigefahren, in einem blauen Kombi."

„Und Sie sind absolut sicher, dass es Melzer war?"

„Ja, hundertprozentig."

„Aber Sie wissen nicht, wo er hin ist?"

„Nicht genau. Ich hab nur gesehen, wo er abgebogen ist. Aber das ist eine Sackgasse, und deswegen dachte ich, ich rufe Sie an ..."

„Sind Sie noch dort?"

„Ja, schon."

„Okay, dann bleiben Sie, wo Sie sind. Ich komme so schnell wie möglich rüber ..." Gruber ließ sich noch den genauen Standort der Frau durchgeben, dazu ihre Handynummer, und rannte los. Wild entschlossen, diese Chance, die vielleicht seine letzte sein würde, zu ergreifen.

27

Gruber hatte seinen Wagen kaum zum Stehen gebracht, da stand Iris Pakula auch schon bei ihm an der Fahrertür. Er stieg aus, wechselte ein paar schnelle, freundliche Worte mit der Frau und begleitete sie dann das Stück Straße entlang, das zu der Abzweigung führte, die Melzer angeblich genommen hatte. Vor Gruber tat sich zu beiden Seiten eine Reihe von älteren Einfamilienhäusern und kleinen Villen auf, mit großen Gartengrundstücken und etlichen Freiflächen dazwischen. Abgesehen von einem kleinen Mädchen, das auf einem Roller hin- und herkurvte, war niemand zu sehen. Gruber atmete tief durch und versuchte, so etwas wie einen Plan zu entwerfen. Er hatte unterwegs zweimal versucht, Schmidinger zu erreichen, doch dessen Handy war abgeschaltet gewesen. Sollte er einfach durch die Straße laufen und nach einem blauen Kombi Ausschau halten? Oder die Stellung halten, bis Schmidinger wieder greifbar war und mit entsprechender Unterstützung anrücken würde? Iris Pakula nahm ihm die Entscheidung ab.

„Ich könnte ja mal reinfahren und mich umschauen", schlug sie vor. „Vielleicht steht der Wagen ja irgendwo rum."

Gruber nickte. Die Frau lief zurück zu ihrem Fiat

Panda und rauschte gleich darauf an Gruber vorbei. Wenige Minuten später war sie zurück und hielt neben Gruber an. Sie schüttelte den Kopf. Gruber stieg zu ihr in den Wagen.

„Nix zu sehen“, sagte sie. „Die haben da überall Garagen und die meisten waren zu.“

Gruber überlegte kurz und wies die Frau dann an, so zu parken, dass sie die Abzweigung im Auge behalten konnten. Anschließend tippte er nochmals Schmidingers Nummer ein. Dieses Mal meldete sich sein Kollege.

„Ja ...“

„Gruber hier. Wo steckst du gerade?“

„Bin eben aus dem Krankenhaus raus. Was gibt es denn?“ Er klang ziemlich gereizt.

„Ich glaube, ich ...“ In diesem Augenblick schob sich ein Wagen in Grubers Blickfeld, ein silberfarbener Audi mit einem etwa fünfzigjährigen Mann am Steuer, der gerade telefonierte. Gruber traute seinen Augen nicht, konnte es nicht fassen. Das war einfach unmöglich, eine Täuschung, ein Trugbild. Doch es half alles nichts. Auch wenn er den Fahrer des Audi nur im Profil zu Gesicht bekommen hatte, es war eindeutig Schmidinger gewesen. Der nun, keine zehn Meter entfernt, in die Straße mit Melzers Versteck einbog.

„Was ist denn, bist du noch dran?“, drang Schmidingers Stimme wie aus weiter Ferne an Grubers Ohr.

„Ja. Ich glaube ... ich meine, wir haben da vielleicht eine neue Spur", stotterte Gruber. „Das wollte ich dir nur mitteilen."

„Ich ruf dich zurück, okay?"

„Ja, kein Problem. Bis dann."

Iris Pakula blickte Gruber verwirrt an. „Was ist denn plötzlich los mit Ihnen? Sie sind ja ganz blass geworden."

„Der Fahrer von dem Audi da, haben Sie den nicht erkannt?"

„Nein, so genau habe ich nicht hingeschaut. Wieso?"

„Das erkläre ich Ihnen gleich." Gruber tippte Bischoffs Nummer ein, in der Hoffnung, dass sie schon auf der Autobahn war. Er wusste nicht, wen er sonst um Hilfe rufen sollte. Schmidingers Kollegen kamen jedenfalls nicht in Frage. Und bis er seine eigenen Leute mobilisiert hätte ...

„Ja ...?"

„Ich bin es", sagte Gruber. „Bist du schon auf dem Rückweg?"

„Ich bin schon fast da ..."

„Gott sei dank. Pass auf ..." Gruber erklärte Bischoff kurz die Situation und gab ihr Anweisung, so rasch wie möglich in die Moosstraße zu kommen.

Dort würde Iris Pakula in ihrem roten Fiat Panda auf sie warten.

„Heißt das vielleicht, dieser Kommissar und Richie stecken unter einer Decke?“, fragte Iris Pakula mit weit aufgerissenen Augen, sowie Gruber das Gespräch beendet und sein Handy wieder eingesteckt hatte.

„Kann sein. Sie bleiben jedenfalls hier und warten auf meine Kollegin, okay?“

Die Frau nickte.

Gruber stieg aus und marschierte zu seinem Peugeot. Dort angekommen, zog er sein Sakko aus und öffnete den Kofferraum, in dem seine kugelsichere Schutzweste verstaut war. Er legte die Weste an, schlüpfte wieder in sein Sakko und lief los. Er hatte plötzlich das Gefühl, er dürfe keine Zeit mehr verlieren. Was zum Teufel hatte Schmidinger hier verloren? Dass sein Kollege auf dem Weg zu Melzer war, um ihn festzunehmen, kam wohl nicht in Frage. Aber was wollte er dann hier?

Die Straße lag noch immer ruhig und leer da, niemand begegnete Gruber und auch das Mädchen war verschwunden. Der Audi stand vor dem letzten Haus auf der linken Seite, einer alten, baufällig wirkenden Villa mit einer Doppelgarage inmitten eines ungepflegten Gartengrundstücks. Von einem blauen Kombi war nichts zu sehen. Gruber ignorierte den über eine kleine Steintreppe erreichbaren Eingang und schlich zur Rückseite, wo sich prompt eine Hintertür fand, eine verwitterte und zum Glück nur angelehnte Holztür. Er drückte die Tür behutsam auf, tappte auf Zehenspitzen die sechs ausgetretenen Stufen einer Holztreppe hinauf und stand gleich darauf im Flur. Die zwei erregten Männerstimmen, die er bereits auf der Treppe gehört hatte, waren nun deutlich zu vernehmen und zu orten. Sie kamen aus einem der Zimmer weiter vorne im Flur. Er machte ein paar vorsichtige Schritte, vorbei an einem abgestellten Fahrrad und ein paar ausrangierten Möbelstücken, und näherte sich der Tür.

„Ein, zwei Tage mehr, das macht jetzt auch keinen Unterschied mehr", sagte Schmidinger gerade.

„Herrgott, wenn ich nur wüsste, was da los ist", sagte der andere. „Das mit diesem Reporter verstehe ich ja noch, da wollte sich irgend so ein mieser Trittbrettfahrer auf meine Kosten an dem Arschloch rächen. Aber jetzt dieser andere Kerl, dieser Schuhbeck oder so, das ergibt doch null Sinn."

Also doch, dachte Gruber. Der andere Mann war Melzer, ganz eindeutig.

„Ich sag doch, das waren irgendwelche Jugoslawen, die geglaubt haben, das wären sie dem Leschnik schuldig", erwiderte Schmidinger. „Ganz blicke ich da auch nicht durch, aber dieser Blödmann von Gruber macht sich fast in die Hose deswegen."

Gruber schluckte schwer. Konnte es sein, dass er sich in Schmidinger derart getäuscht hatte. Dass sein Kollege korrupt war und insgeheim mit Melzer kooperierte? Während die beiden weiter debattierten, beschlich Gruber ein Verdacht, der noch weitaus schrecklicher war. Wenn er soeben richtig gehört hatte, war Melzer nicht der Auftraggeber des Anschlags auf Leschnik. Und falls auch Mühlbacher ausschied, wer blieb dann übrig? Konnte es sein, dass Schmidinger höchstpersönlich hinter dem Mord an Leschnik steckte, weil er Angst gehabt hatte, dass Leschnik diese Verbindung aufdecken könnte?

„Hauptsache, du verlierst jetzt nicht die Nerven", sagte Schmidinger weiter. „Und pfeif deinen Anwalt zurück. Der geht mir langsam auf den Sack. Und hör auf, durch die Gegend zu kurven. Man möchte fast meinen, du legst es darauf an, erwischt zu werden."

„Ja, ja ..."

Gruber umfasste seine Pistole mit beiden Händen und wollte gerade die Tür aufstoßen, da stupste etwas Weiches gegen seinen rechten Knöchel. Vor Schreck verlor er fast das Gleichgewicht und konnte es gerade noch vermeiden, gegen einen der abgestellten Stühle zu prallen. Die Katze verschwand im Halbdunkel des Flurs, er fing sich wieder, hielt sich aber zurück, als Melzer wieder zu sprechen anfing. Noch aufgebrachter als zuvor, wie ihm schien.

„Scheiße Mann, ich hätte mich nie auf deinen Vorschlag einlassen sollen“, sagte Melzer. „Ich hätte mich gleich stellen sollen, statt in dieser Scheißbude hier zu verrotten.“

„Dann hätte ich dich doch sofort einkassieren müssen. Und wärst vielleicht erst zu Weihnachten wieder freigekommen ...“

„Na und? Du willst mich doch sowieso loswerden, habe ich in letzter Zeit das Gefühl.“

„So ein Blödsinn.“

Gruber zuckte zusammen. Dass Schmidinger den Mord an Leschnik begangen hatte, schien ihm mittlerweile klar. Wollte Schmidinger jetzt vielleicht noch einen Schritt weitergehen? Für reinen Tisch sorgen, bevor alles aufflog? Schmidingers Gerede bei Schuhbecks Leiche fiel ihm ein. Dass Melzer aus einem irrationalen Impuls heraus den Mord an Leschnik begangen haben könne. Und vielleicht schon längst ins Ausland geflüchtet sei. Aber egal, das würde er gleich herausfinden. Mit einem Fußtritt stieß er die Tür auf und stürmte mit vorgehaltener Pistole in das Zimmer.

„Hände hoch und keine Bewegung“, rief er.

Die zwei Männer fuhren herum. Sie standen dicht nebeneinander mitten im Raum, der möbliert war wie ein ganz normales Wohnzimmer, mit Couchgarnitur, Fernsehapparat und einer Anrichte, der nun aber einem Saustall glich. Überall standen Flaschen, Gläser und Tassen herum, dazu kamen Essensreste, überfüllte Aschenbecher, Zeitungen und Klamotten. Entsprechend war auch der Gestank. Das Licht kam von einer Stehlampe neben der Couch, die Tür zur Küche stand offen.

Melzer blickte Gruber mit verwirrtem Gesichtausdruck an, verhielt sich aber ruhig. Der schöne Richie war immer noch ein gutaussehender Kerl, wie Gruber fand, auch wenn er mächtig an Gewicht zugelegt hatte. Großgewachsen, kaum Falten im Gesicht und mit noch vollem, nur leicht ergrautem Haar. Nur die tiefen Ringe unter seinen Augen verrieten seine Anspannung. Was nicht ganz passte, waren die Strickweste und dass seine Füße in Filzpantoffeln steckten. Nicht gerade das Bild eines gefährlichen Halbweltkönigs, dachte Gruber.

Schmidinger dagegen wurde sofort knallrot im Gesicht und starrte Gruber entgeistert an.

„Andreas, wie kommst du denn hierher?“, stieß er mit heiserer Stimme hervor.

Gruber sagte nichts

„Was zum Teufel geht hier vor?“, fragte Melzer.

Gruber wies mit dem Kopf zu Schmidinger. „Fragen Sie ihn doch ...“

„Jetzt spiel doch nicht verrückt, Andreas", sagte Schmidinger. „Dafür gibt es eine Erklärung. Ich ..."

„Verdammt, ich will jetzt endlich wissen, was hier vorgeht", unterbrach Melzer und schob seinen massigen Körper drohend auf Gruber zu. Auch Schmidinger machte Anstalten, mit Gruber auf Tuchfühlung zu gehen.

Gruber hob die Heckler & Koch und zielte auf Schmidingers Brust. „Bleib, wo du bist, Edwin", sagte er. „Bleib stehen oder ich erschieß dich. Auf der Stelle. Ich schwör's dir."

„Du verstehst das alles falsch", sagte Schmidinger.

„Und ich versteh kein Wort, verdammt noch mal", polterte Melzer los und packte Schmidinger am Kragen. „Was macht der Typ hier? Hast du vielleicht vor, mich zu verkaufen, um deine eigene Haut zu retten, du falscher Hund?"

„Los, erklär es ihm", sagte Gruber zu Schmidinger.

„Das ist doch lächerlich", erwiderte Schmidinger. „Jetzt leg endlich die scheiß Knarre weg und wir reden über alles wie vernünftige Menschen."

„Clever ausgedacht, das muss ich zugeben", sagte Gruber. „Erst bringst du ihn unter Mordverdacht, redest ihm zu, dass er sich nicht stellen soll, dass er lieber untertauchen soll, und dann ... Was hast du dann eigentlich mit ihm vorgehabt? Warte, ich sage es dir: Du hättest ihn in Kürze ebenfalls umgebracht und es seinen Geschäftspartnern im Osten in die Schuhe geschoben. Das Motiv hätte ja auf der Hand gelegen: Seine Mafiafreunde hätten Angst gekriegt, dass er auspacken würde, mit einer Mordanklage am Hals, und deswegen hätten sie ihn aus dem Weg räumen müssen. Tote reden nicht. Und du wärst fein aus dem Schneider gewesen, hättest endlich nicht mehr befürchten müssen, doch noch aufzufliegen. Ende gut, alle tot. Ich muss schon sagen, wirklich genial."

Schmidinger schüttelte nur müde den Kopf.

Melzer glotzte Gruber mit offenem Mund an. „Heißt das vielleicht, er hier steckt dahinter?", fragte er.

„Allerdings."

„Und warum, zum Teufel?"

„Habe ich doch eben gesagt: Er hatte wohl Angst, dass eure Geschäftsverbindung auffliegt, nachdem dieser Reporter auf der Bildfläche erschienen war ..."

„Du miese, abartige Drecksau." Melzer wirbelte herum, was ihm Gruber angesichts seiner Körperfülle gar nicht zugetraut hätte, und warf sich mit ausgestreckten Händen auf Schmidinger. Er packte Schmidinger am Hals, stieß ihn gegen den Fernsehapparat und schüttelte ihn kräftig durch. Schmidinger ließ es mit geschlossenen Augen über sich ergehen.

„Ich hab doch gleich geahnt, dass hier irgendwas faul ist", brüllte Melzer mit sich überschlagender Stimme. „Aber nein: Versteck dich, bleib in Deckung, die machen dich fertig da draußen."

Schmidinger rang zunehmend nach Luft; schlug Melzer mit den Fäusten kraftlos auf den Rücken. „Ich sag, wie es war", rief er Gruber zu. „Aber halt mir den Kerl da vom Leib."

Gruber packte Melzer mit seiner freien Hand an der Weste und versuchte, ihn von Schmidinger wegzuzerren. „Schluss jetzt damit, aufhören."

Vergebens. Melzer würgte weiter.

Also trat Gruber einen Schritt zurück und feuerte einen Schuss an die Zimmerdecke ab.

Der Effekt war unfreiwillig komisch. Melzer riss Schmidinger herum und brachte ihn als Schutzschild zwischen sich und Gruber. Erst als ihm ein Stück Verputz auf den Kopf fiel, gab er Schmidinger frei und strich sich mit einer verärgerten Bewegung übers Haars. Schmidinger rieb sich den Hals, wankte dann zu einem Sessel und ließ sich hineinfallen.

„Es war alles ganz anders." Schmidinger blickte unter schweren Augenlidern zu Melzer auf. „Ich meine, was sollte ich denn machen? Ich hatte einfach Angst, dieser scheiß Reporter kann dir vielleicht doch was anhängen und du machst dann einen Deal mit der Staatsanwaltschaft und verkaufst mich, quasi als dein bestes Pferd im Stall. Dem wollte ich vorbeugen ..."

„Vorbeugen nennst du das also? Na servus. Und stimmt das, dass du auch mich beseitigen wolltest?"

Schmidinger schwieg darauf, und auch Gruber sagte nichts.

Melzer stand sekundenlang unschlüssig herum, schenkte sich dann ein Glas Whiskey ein und kippte es mit einem Schluck hinunter. Er wirkte plötzlich sehr alt und trotz seiner Körperfülle zerbrechlich. Gruber empfand fast Mitleid mit ihm. Auch wenn er ihm vermutlich gerade das Leben gerettet hatte, so war Melzer dennoch ein Mann ohne Zukunft. Denn dass Schmidinger auspacken und ihn mit in den Abgrund reißen würde, war wohl keine Frage.

„Du hast auch Schuhbeck umgebracht, oder?", fragte Gruber dann aufs Geratewohl.

Schmidinger machte eine müde Handbewegung und versank tiefer in seinem Sessel. „Der Blödmann wollte uns erpressen", sagte er schließlich mit kaum vernehmbarer Stimme. „Hat behauptet, er hätte Leschniks Material gefunden. Wollte 'ne halbe Million dafür, der Vollidiot."

„Und wie hat er das gemacht? Ich meine, wie hast du davon erfahren?“

„Wie wohl? Er hat diesen Grünfeld, seinen Anwalt da, angerufen. Der hat es ihm ausgerichtet und den Rest kannst du dir denken.“

„Und wo ist dieses Material jetzt?“

Schmidinger schnitt eine Grimasse. „Das ist ja der Witz. Es war alles umsonst. Der Idiot hat nur geblufft. Wollte uns nur ausnehmen. Hätte mich auch gewundert, wenn da was gewesen wäre. Aber ich musste absolut sicher gehen.“ Etwas wie Schadenfreude zeichnete sich in seinem Gesicht ab. „Zum Glück hab ich ja sofort gewusst, wer als Einziger dahinter stecken könnte. Und jetzt rat mal, wem ich das zu verdanken habe?“

„Du bist ein Schwein.“

„Schon möglich. Aber du weißt ja, in der Not ...“

Weiter kam er nicht, denn hinter Gruber flog die Tür auf und Iris Pakula stolperte ins Zimmer, gefolgt von einer dunkelhaarigen Frau mit einer Pistole in der rechten Hand.

28

Die Frau kam Gruber bekannt vor, und dieser Sekundenbruchteil des Zögerns bescherte ihm zwei Kugeln in die Brustmitte. Die Wucht der Einschläge warf ihn glatt um und er krachte rücklings zu Boden, mit einem Wahnsinnsschmerz auf dem Brustbein, der ihm jeden Atemzug zu einer Qual machte. Dennoch gelang es ihm, die Heckler & Koch fest in der Hand zu behalten. Und zu begreifen, dass er sofort handeln musste, ehe offenbar wurde, dass er dank seiner kugelsicheren Weste noch am Leben war. Doch die nächsten Schüsse galten nicht ihm, sondern Melzer, der noch zu flüchten versucht hatte und nun in der Tür zur Küche zusammenbrach, erst auf die Knie und dann aufs Gesicht fiel und sich nicht mehr rührte.

Mit einer übermenschlichen Anstrengung brachte er seine Waffe in Position und feuerte in Richtung der Frau. Zugleich fiel ihm ein, woher er die Frau kannte. Es war die Geschäftsführerin des Nachtlokals, das Schmidinger in seinem Beisein durchsucht hatte. Natalie sowieso. Er hatte kaum abgedrückt, da war Schmidinger auch schon bei ihm und schlug ihm mit einem Fußtritt die Pistole aus der Hand. Hilflos sah er zu, wie Schmidinger sich bückte, sich die Waffe schnappte und auf Iris

Pakula losging, die am Boden kauerte, die Hände vors Gesicht gehalten. Für einen Augenblick befürchtete er, Schmidinger würde der Frau in den Kopf schießen, doch dann holte Schmidinger nur aus und hieb der Frau den Pistolenkolben über den Schädel. Iris Pakula kippte um, und Schmidinger wandte sich Natalie zu, die zusammengesackt an der Wand neben der Tür lehnte und kein Lebenszeichen mehr von sich gab. Er flüsterte ihr ein paar Worte zu, die Gruber nicht verstand, aber es war offensichtlich, dass er ihren Tod mehr als bedauerte. Dass zwischen den beiden eine persönliche Beziehung bestanden hatte. Nach etwa einer halben Minute, die Gruber wie eine kleine Ewigkeit vorkam, richtete sich Schmidinger wieder auf und trat auf Gruber zu. Mit zitternden Lippen und einem Ausdruck in den Augen, der Gruber sagte, dass hier nichts mehr verhandelbar war. Schmidinger holte einmal tief Luft, umfasste Grubers Pistole mit beiden Händen und zielte dann auf Grubers Gesicht.

„Damit kommst du nicht durch“, sagte Gruber, verwundert darüber, dass er überhaupt sprechen konnte.

„Du vergisst, dass ich der Mann sein werde, der die Ermittlungen leitet ...“

„Und wenn schon. Vielleicht kannst du deine Kollegen täuschen, aber nicht die Bischoff.“

„Lass das mal meine Sorge sein …“ Schmidinger kam noch einen Schritt näher und stieß mit der Schuhspitze gegen Grubers Schutzweste. „Dieses Mal nützt dir deine scheiß Weste jedenfalls nichts.“

Gruber grunzte nur und warf einen Blick zu Natalie. „Hat sie vielleicht die Drecksarbeit für dich erledigt?“, fragte er, um etwas Zeit zu gewinnen.

Schmidinger nickte mit grimmiger Miene. „Hat sie. Und das mit echter Freude, schätze ich.“

„Was?“

„Sie war beim bulgarischen Geheimdienst, bevor sie nach Österreich gekommen ist …“

„Und weiter?“

Schmidinger zögerte kurz. Die Wut in seinen Augen war etwas verraucht, er hatte sich wieder einigermaßen in der Gewalt, wie Gruber erkannte. Er sagte: „Na gut, wenn du es unbedingt noch wissen willst: Ich hab sie während meiner Zeit in Wien kennengelernt, wo sie als Domina gearbeitet hat. Genauer gesagt, nachdem einer ihrer Kunden eine Behandlung nicht überlebt hatte. Ob aus Absicht oder versehentlich, weiß ich bis heute nicht. Hab sie auch nie danach gefragt. Na ja, jedenfalls habe ich ihr geholfen, die Sache zu vertuschen. Als Gegenleistung hat sie ein paar Aufträge für mich erledigt, und wie ich dann nach Salzburg versetzt worden bin, habe ich sie mitgenommen und ihr bei

Melzer einen Job verschafft. Das mit dem Leschnik war übrigens gar nicht so vorgesehen. Sie sollte nur auf ihn schießen, egal, mit welchem Ergebnis. Sie hat nur die Gelegenheit ausgenutzt. Also dann ..."

„Okay, vielleicht wirst du auch mit der Bischoff fertig ..." Das Sprechen fiel Gruber zunehmend schwer. „Aber nicht mit meinem Freund Schott. Ich hab dir ja erzählt, was er mit dem Kerl gemacht hat, den dieser Hauser vor einem Jahr auf mich angesetzt hat. Er hat ihn eiskalt von hinten erschossen. Der knallt auch dich ab, darauf kannst du Gift nehmen. Dem ist es rotzegal, ob du ein Bulle bist oder nicht. Wenn der glaubt, dass du Dreck am Stecken hast, kreuzt er bei dir auf und bringt dich zum Reden, das kannst du mir glauben. Wenn du mich umbringst, bist du auch ein toter Mann, das schwöre ich dir."

Die Drohung zeigte tatsächlich Wirkung. Schmidinger runzelte die Stirn, sein Blick schweifte ab.

„Was schlägst du also vor?", fragte er schließlich.

Gruber schluckte schwer. Zeit! Er musste unbedingt mehr Zeit gewinnen, um jeden Preis. Falls Bischoff voll aufs Gas gestiegen und mit Blaulicht gefahren war, könnte sie es geschafft haben. Könnte sie schon draußen stehen. Andererseits, wie sollte sie ihn jetzt finden, ohne die Pakula? Er hatte den

Audi zwar erwähnt, aber würde sie sich auch daran erinnern? Und falls ja, würde sie sich auf eigene Faust auf die Suche machen? ... Scheiße, dachte er, ich bin ein toter Mann, so oder so.

„Wir teilen uns den Ruhm, ganz einfach", sagte er. „Wir beide, du und ich, haben den Melzer und seine Killerin da gemeinsam aufgespürt, und gemeinsam erledigt. Was hältst du davon?"

„Guter Witz, muss ich schon sagen."

„Kein Witz. Ich kann es dir beweisen ..."

„Und wie, wenn ich fragen darf?"

Gruber deutete auf Iris Pakula, die noch immer am Boden lag, aber leise stöhnend im Begriff war, wieder zu sich zu kommen.

„Die da muss verschwinden, da sind wir uns doch einig. Das übernehme ich. Hier und jetzt."

Schmidingers Blick drückte Überraschung und Zweifel aus. „Das würdest du machen?", fragte er nach einer Pause ungläubig.

„Ich häng auch am Leben, genauso wie du", erwiderte Gruber. „Auch wenn es bedeutet, mit einer Drecksau wie dir zu kooperieren."

Schmidinger lachte roh.

„Und wie gedenkst du ...?"

„Werde ich dir gleich erklären." Gruber rappelte sich mühsam auf und kam auf die Knie, ohne dass Schmidinger ihn daran hinderte. Der Vorschlag, der ihm auf der Zunge lag, war zwar ungeheuerlich, aber hatte er eine andere Wahl? Auf jeden Fall würde es ihm ein paar weitere Minuten Aufschub verschaffen, und nur darauf kam es an.

„Wir machen es so“, sagte er. „Ich …“

„Weg mit der Waffe, oder es knallt“, unterbrach ihn Bischoffs Stimme von der Tür her.

Schmidinger erstarrte, drehte sich aber nicht um. Verschwendete keinen Blick zu Grubers Kollegin, die keine drei Meter hinter ihm stand, ihre Pistole auf seinen Rücken gerichtet. Er verzog nur das Gesicht und ließ alles ein, zwei Sekunden lang in der Schwebe. Dann riss er den Mund auf, rammte sich den Lauf von Grubers Pistole zwischen die Zähne, schloss die Augen und drückte ab.

29

Der etwa vierzigjährige Mann, der gegen neun Uhr das Zimmer betrat, stellte sich weder vor noch sagte er, welchen Rang oder Dienstgrad er innehatte. Er setzte sich einfach auf die Schreibtischkante, ignorierte die beiden Beamten, die Gruber bisher verhört hatten, und bot Gruber als erstes eine Zigarette an. Gruber konnte nicht widerstehen. Er nahm ein paar zaghafte Züge, unterdrückte einen leichten Hustenreiz und wartete ab. Er hatte seine Geschichte nun bereits drei- oder viermal erzählt und war entsprechend ausgelaugt. Eine Runde mache ich noch mit, sagte er sich, dann ist Schluss. Dann sollen sie mich entweder laufen lassen oder einsperren. Doch zu seiner Verwunderung sagte der Neuzugang nur: „Dürfen wir Sie kurz allein lassen, Herr Kommissar. Nur für ein paar Minuten?"

Gruber nickte nur, und alle drei verließen das Zimmer. Gruber trank einen Schluck von dem Kaffee, den man ihm zusammen mit ein paar Keksen serviert hatte, rauchte seine Zigarette zu Ende und drückte die Kippe in einem Blumentopf auf der Fensterbank aus. Er blickte auf den leeren Hof hinunter und malte sich zum wiederholten Mal aus, was diese Geschichte wohl für einen Skandal auslösen würde. Salzburger Kripochef ein Gangster und

Doppelmörder. Er konnte es noch immer nicht fassen und fragte sich, wieso ihm all die Jahre nichts aufgefallen war.

Es dauerte jedoch gut zwanzig Minuten, bis der Zigarettenmann wieder zurückkam, allein. Er setzte sich Gruber gegenüber an den Schreibtisch und blickte ihn mit einer Mischung aus Respekt und Misstrauen an. Gruber konnte sich gut vorstellen, was in dem Mann vor sich ging. Während er sich als Held feiern lassen könnte, müssten die Salzburger in Sack und Asche gehen.

„Haben Sie noch starke Schmerzen?“, fragte der Mann schließlich.

Gruber griff sich unwillkürlich an die Brust, wo ein Druckverband seine angeschlagenen Rippen notdürftig ruhigstellte.

„Halb so schlimm“, erwiderte er.

„Ich möchte an Ihrer Version der Geschehnisse jetzt nicht herumkritisieren“, sagte der Mann dann. „Tatsache ist aber, dass wir damit ein Problem haben.“

„Sie meinen, wie Sie der Öffentlichkeit vermitteln wollen, dass der Salzburger Kripochef nicht nur korrupt war, sondern auch noch zwei Morde in Auftrag gegeben hat?“

„So in etwa. Vorausgesetzt natürlich, all die Dinge, die passiert sind und die Sie uns erzählt haben und für die es sonst keine Zeugen gibt, entsprechen den Tatsachen."

„Wollen Sie damit andeuten, ich hätte gelogen?"

Sein Gegenüber schüttelte den Kopf. „Absolut nicht. Ihre Aussage und der vorläufige Bericht der Spurensicherung decken sich durchaus, und dennoch ..."

„Was dennoch?"

Der Mann beugte sich über den Schreibtisch und hielt Gruber erneut die Zigarettenpackung hin. „Noch eine?"

Gruber schüttelte den Kopf. Die Richtung, die dieses Gespräch zu nehmen drohte, gefiel ihm absolut nicht. Irgendetwas war hier im Busch. Und er konnte sich schon halb denken, was.

„Kennen Sie zufällig den Film ‚Der Mann, der Liberty Valance erschoss'", fragte der Mann dann unvermittelt, nachdem er sich selbst eine Zigarette angesteckt hatte.

„Wie bitte?" Gruber verstand nicht.

„Diesen Western mit John Wayne und James Stewart. In dem der John Wayne einen berüchtigten Banditen erschießt und James Stewart die Lorbeeren dafür erntet."

Gruber nickte. „Kann schon sein. Und was hat das hiermit zu tun?"

„Dann können Sie sich vielleicht auch noch an

den Kernsatz des Films erinnern, gesprochen von einem altgedienten Zeitungsmenschen?"

„Tut mir leid."

„Wenn die Legende zur Tatsache wird, drucken wir die Legende ..."

„Ich fürchte, ich kann Ihnen da nicht ganz folgen."

Der Zigarettenmann wedelte etwas Rauch weg und setzte eine bedeutungsvolle Miene auf. „Nun, es ist doch ganz einfach", sagte er dann. „Was wir im Augenblick am wenigsten brauchen können, ist eine weitere Untergrabung des Vertrauens der Bürger in ihre Institutionen, allen voran der Polizei. Da werden Sie mir doch zustimmen, oder?"

„Sicher."

„Aber eine Geschichte wie diese trägt garantiert nicht dazu bei. Und deswegen sollten wir versuchen, ein wenig Schadensbegrenzung zu betreiben."

„Und die könnte wie aussehen?"

„Die harten Fakten können wir natürlich nicht mehr ändern", erwiderte der andere. „Aber wir könnten das Ganze entschieden anders aussehen lassen, wenn wir wollten, Sie und Ihre Kollegin."

Die Pause, die nun entstand, zog sich in die Länge.

„Ich verstehe", sagte Gruber nach einer Weile dann bedächtig. „Schmidinger und ich haben diesen Melzer und dessen Killerin ausfindig gemacht, dabei kam es zu einem Feuergefecht, bei dem Schmidinger den Heldentod gestorben ist. So möchten Sie es doch hindrehen, oder? Dass Melzer und nicht Schmidinger für beide Morde verantwortlich war?"

„Was würde dagegen sprechen? Es würde niemandem ein Schaden dabei entstehen. Schmidinger und seine Komplizin sind tot, die zwei haben ihre gerechte Strafe erhalten. Und sagen Sie jetzt nicht, es täte Ihnen um diesen Melzer leid. Der Mann hat seit Jahrzehnten mit Prostitution, Drogen und Menschenhandel sein Geld verdient. Dem weint keiner eine Träne nach."

„Sie vergessen, dass Schmidinger im Begriff war, auch mich und Frau Pakula umzubringen. Dass ich auch tot sein könnte, wäre meine Kollegin nicht in letzter Sekunde aufgetaucht."

„Natürlich. Und ich kann mir gut vorstellen, was Sie durchgemacht haben, aber wir sollten jetzt trotzdem versuchen, sachlich zu bleiben. Wenn diese Geschichte publik wird, ist der Teufel los, und das wissen Sie. Denken Sie nur an die Unruhen in Los Angeles nach diesem Rodney-King-Urteil. Die Stadt brannte und es gab über fünfzig Tote. Es würde Jahre, wenn nicht Jahrzehnte dauern, bis wir uns von diesem Ansehensverlust wieder erholt hätten. Und in der Zwischenzeit wäre jeder Beamte in der Meinung der Öffentlichkeit ein potentieller Krimineller. Niemand würde unsere Leute mehr ernst nehmen und respektieren. Möchten Sie das wirklich?“

Gruber sagte nichts dazu.

Der Mann schien das als Zustimmung aufzufassen. „Ich habe bereits alle Vorkehrungen getroffen“, sagte er nach einer weiteren Pause. „Ich brauche nur noch Ihre Zusage, dann können wir alles in die Wege leiten. Und ich kann Ihnen versichern, dass die Republik Österreich Ihre Kooperation sehr zu schätzen wüsste.“

„Sie haben auch meine Kollegin vergessen ...“

„Reden Sie mit ihr. Ich bin sicher, Sie können sie von der Notwendigkeit dieses kleinen Täuschungsmanövers überzeugen.“

Gruber nickte nur, und der Mann begleitete Gruber die Treppe hinab in den Eingangsbereich, wo Bischoff bereits auf ihn wartete. Sie traten wortlos in den Hof hinaus und gingen ein paar Schritte nebeneinander. Bischoff hakte sich bei Gruber unter.

„Wie fühlst du dich?“, fragte sie.

„Ich brauch keinen Psychologen, wenn du das meinst. Ansonsten möchte ich im Augenblick nichts weiter, als drei Tage durchschlafen zu können.“

„Schöne Scheiße, die sie uns da schmackhaft machen wollen ...“

„Du weißt schon Bescheid?“

„Allerdings."

„Und, was meinst du?"

„Was meinst *du*?"

Gruber blickte zu den Fenstern ringsum hoch und fragte sich, ob ihr Gespräch wohl abgehört würde.

„Ist deine Entscheidung", sagte er dann. „Mir kann in diesem Leben nicht mehr viel passieren, aber du bist jung, dir könnten sie noch jede Menge Knüppel zwischen die Beine werfen."

„Du würdest also nicht mitspielen, wenn es nur um dich ginge?"

„Die können mich mal. Wenn die glauben, dass ich aus Gründen der Staatsräson aus einem Mörder einen Helden mache, haben sie sich geschnitten. Und für Geld schon gar nicht."

„Sie haben dir Geld geboten?"

„Indirekt, ja."

„Und das heißt jetzt?"

Gruber grinste. „Das heißt, dass sie da jetzt durch müssen, die armen Ösis."

„Hast du keine Angst, dass sie dir dann Schwierigkeiten machen? Die können dich locker in U-Haft nehmen, immerhin hat sich der Schmidinger mit deiner Waffe erschossen."

Gruber schüttelte den Kopf. „Jetzt nicht mehr. Die haben sich mit diesem Angebot so weit aus dem

Fenster gelehnt, dass sie mir jetzt aus der Hand fressen müssen, so oder so."

30

Gruber stand in seinem Büro am Fenster und blickte auf die Straße hinaus. Schon merkwürdig, wie schnell alles vorbei ist, dachte er, wie schnell wieder alles in den gewohnten Bahnen verläuft. Dabei waren die ersten Tage nach seinem Showdown mit Schmidinger & Co. tatsächlich so turbulent ausgefallen, wie der Zigarettenmann es befürchtet hatte. Aber letztendlich war der große Aufstand ausgeblieben, war genau das geschehen, was in solchen Fällen meist geschah: Man arrangierte sich und spielte Schmidingers Ausflug in die Gangsterwelt zu einem zwar tragischen, aber absoluten Einzelfall herunter.

Gruber stieß einen Seufzer aus und setzte sich wieder an seinen Schreibtisch. Betrachtete den Stapel an Post, der sich in den zwei Wochen, die er weg gewesen war, angesammelt hatte. Er schob alles beiseite, und erblickte unvermutet die Akte von Leschniks Nichte, die in dem Chaos liegengeblieben war. Er nahm sie zur Hand und blätterte sie flüchtig durch. Der Fall würde nun wohl auf ewig unaufgeklärt bleiben. Es sei denn, der Täter schlug nochmals zu, würde erwischt werden und den Mord gestehen. Er überflog, was die Bewohner des Hauses so alles ausgesagt hatten. Es war der übliche Blödsinn. Einer wollte einen Chinesen im Treppenhaus gesehen haben, ein anderer sogar einen Liliputaner. Und er wollte die Akte schon endgültig zur Seite legen, als etwas seine Aufmerksamkeit erregte.

Es war die Aussage einer Nachbarin von Angela Leschnik und Iris Pakula, eine Aussage, die Gruber nachdenklich stimmte. Er lehnte sich zurück und ließ sich seine Entdeckung durch den Kopf gehen.

Das Ganze konnte natürlich völlig bedeutungslos sein, und höchstwahrscheinlich war es das auch, aber wie hatte Iris Pakula bei ihrem Gespräch betont: Angela Leschnik hätte niemals einen Unbekannten in ihre Wohnung reingelassen. Es sei denn ... Er überlegte kurz, ob er Bischoff anrufen sollte, entschied sich aber dagegen. Seine Kollegin hatte ihren Urlaub mehr als verdient und sollte sich zur Abwechslung mal keine Sorgen um ihn machen müssen. So meldete er sein Vorhaben nur bei den Kollegen vom KDD an, für alle Fälle, und verließ das Büro.

Eine halbe Stunde später stellte er seinen Wagen in der Zufahrt von Mühlbachers Anwesen ab und war kaum ausgestiegen, als Mühlbacher auch schon aus dem Haus kam und auf ihn zu eilte. Auch dieses Mal ganz in Weiß und mit einem strahlenden Lächeln im Gesicht. Er hielt Gruber schon von weitem die Hand hin und säuselte: „Herr Kommissar, was für eine Ehre, Sie hier zu sehen. Ich habe schon befürchtet, Sie hätten mich vergessen."

Sie schüttelten sich die Hände, und Gruber deutete auf den Schotterweg, der an Mühlbachers Anwesen vorbei in den Fichtenwald oberhalb des Dorfes führte.

„Was halten Sie davon, wenn wir einen kleinen Spaziergang machen?", fragte Gruber. „Ich hätte da noch etwas zu bereden mit Ihnen."

Mühlbacher zögerte keinen Moment. „Natürlich. Mit Vergnügen. Ich ziehe mir nur kurz andere Schuhe an, okay?"

Gruber wartete neben seinem Wagen, bis Mühlbacher zurück war, nun mit leichten Wanderschuhen und einem Gehstock ausgerüstet.

„Also, wie Sie das hingekriegt haben, Herr Kommissar, meine Hochachtung", sagte Mühlbacher, sowie sie losgestapft waren. „Den Salzburger Kripochef als Gangster entlarvt und eine Schießerei überlebt! Ich dachte, mich trifft der Blitz, als ich davon in den Nachrichten gehört habe."

Gruber winkte ab. „Alles halb so wild. Und überhaupt möchte ich mich zunächst bei Ihnen entschuldigen. Eine Zeit lang hatte ich Sie wirklich in Verdacht."

„War ja auch irgendwie naheliegend, oder etwa nicht?"

„Allerdings."

„Freut mich jedenfalls zu hören, dass Sie nicht mehr hinter mir her sind. Ein so gefährlicher Mann wie Sie ..."

Am Waldrand angekommen, blieb Gruber stehen und blickte auf die Häuser der Ortschaft hinunter. Mühlbacher, auf seinen Stock gestützt, tat es ihm gleich.

„Und was haben Sie jetzt noch auf dem Herzen?", fragte Mühlbacher.

„Ach so. Nun ja, ein Problem gäbe es da noch, leider."

„Und das wäre?"

Gruber drehte sich um, und sie gingen weiter.

„Diese scheußliche Geschichte mit Leschniks Nichte", sagte Gruber. „Da hat sich bei meinem kleinen Zusammenstoß mit dieser Salzburger Bagage herausgestellt, dass weder dieser Melzer noch mein verräterischer Kollege etwas damit zu schaffen hatten."

„Haben Sie das denn erwartet?"

Gruber nickte. „Irgendwie schon ..."

„Das wundert mich jetzt. Ich dachte, das wäre irgendein Psychopath oder so gewesen."

„Ich fürchte, das wir genau das glauben sollten. Aber ich habe da eine ganz andere Theorie entwickelt."

„Etwa eine Theorie, die mich betrifft?“ Mühlbacher rang sich ein Lächeln ab.

„Sozusagen, ja …“

„Na dann, nur raus mit der Sprache, wir sind hier ja ganz unter uns.“

Gruber biss sich kurz auf die Unterlippe, blieb dann erneut stehen und blickte Mühlbacher hart ins Gesicht. „Um es kurz zu machen: Ich bin zu dem Schluss gekommen, dass es Ihr Werk gewesen sein könnte, ganz einfach. Das Werk eines rachsüchtigen, hasserfüllten Mannes, dem jedes Gefühl für Moral, Menschlichkeit und Mitleid abhanden gekommen ist. Eigentlich hätte ich schon viel früher drauf kommen müssen, aber …“

„Das ist doch absurd.“ Mühlbacher tippte Gruber mit dem Zeigefinger an die Brust.

„Jetzt machen Sie sich mal nicht lächerlich, Herr Kommissar. Wie kommen Sie denn auf diese verrückte Idee?“

Gruber wich einen Schritt zurück und sagte: „Dass Sie zurückgekommen sind, um sich bei Ihren Nachbarn für deren schäbiges Verhalten Ihren Eltern gegenüber zu rächen, das haben Sie doch selbst zugegeben, oder?“

Mühlbacher zuckte nur mit den Schultern.

„Als Nächstes haben Sie erfahren, dass auch Leschnik wieder im Lande ist. Und Sie haben irgendwie herausgefunden, dass er nach Jahren des Nichtkontakts versucht hat, seiner Nichte wieder näherzukommen. Dass er sich um die Frau bemüht hat, dass ihm etwas an ihr gelegen war. Und das hat Sie dann auf die Idee gebracht, die Frau umbringen zu lassen. Um Leschnik da zu treffen, wo es für die meisten Menschen am schmerzhaftesten ist: Bei dem, was sie lieben ..."

Mühlbacher schüttelte entrüstet den Kopf. „Sie müssen wahnsinnig geworden sein, Herr Kommissar. Das ist einfach ... Also, mir fehlen die Worte, echt. Außerdem, wenn ich wirklich so etwas im Sinn gehabt hätte, dann wäre ich doch wohl auf seine Freundin losgegangen, auf die Person, die ihm am nächsten stand, oder etwa nicht?"

Gruber nickte. „Die wäre vielleicht als Nächste dran gewesen ..."

„Wissen Sie was, Sie haben eine echt kranke Phantasie." Damit drehte Mühlbacher sich um und marschierte bergab davon, seinen Stock dabei wild hin und her schwingend.

Gruber folgte ihm. „Ja, vielleicht bin ich verrückt", rief er Mühlbacher hinterher. „Aber wenn man sein Leben lang mit Leichensachen zu tun hat, kriegt man einen Blick für so was. Ich habe die Akte zu dem Fall studiert. Und die Aussage der damaligen Kollegin von Leschniks Nichte gehört. Angela

Leschnik hatte einen kleinen Kreis von Stammkunden, die alle überprüft wurden. Jeder von denen hatte ein wasserdichtes Alibi, aber das nur nebenbei. Der Hauptpunkt ist: Sie hätte nie einen Unbekannten in ihre Wohnung reingelassen, nicht, wenn sie allein war. Das war ja der Zweck ihrer Wohngemeinschaft, dass immer eine auf die andere aufgepasst hat. Also lautet die Preisfrage: Wie kam der Täter in die Wohnung?

Zumal es an der Wohnungstür und auch am Türschloss keine Spuren gab, die auf ein gewaltsames Eindringen hingewiesen hätten."

Mühlbacher hielt inne und wartete, bis Gruber ihn fast erreicht hatte. „Ich nehme an, Sie werden es mir gleich verraten?", sagte er.

Gruber nickte. „Weil der Täter eine Frau war, ganz einfach! Eine Frau, die sich unter irgendeinem Vorwand Zutritt verschafft hat."

„Ziemlich weit hergeholt, würde ich sagen ..."

„Schon möglich. Aber wie es der Zufall so will, wurde etwa zur Tatzeit von einer Nachbarin eine junge Frau im Treppenhaus gesehen. Nur hat man ihrer Aussage keine Beachtung geschenkt, und warum auch, wenn alle Welt auf einen Mann als Täter tippt und niemand auf die Idee kommt, dass auch Frauen diesbezüglich aktiv werden können. Aber dass Frauen heutzutage ohne weiteres Mordaufträge erledigen, habe ich gerade am eigenen Leib erfahren, wie Ihnen bekannt ist."

Mühlbacher trat ein, zwei Schritte zurück und sondierte mit ein paar kurzen Blicken die Umgebung, ganz so, als suchte er nach einem Fluchtweg. „Und was hat das Ganze jetzt mit mir zu tun, wenn es doch eine Frau war?", fragte er.

„Eine ganze Menge, würde ich sagen. Erstens hätten Sie, wie schon gesagt, ein Motiv gehabt, zweitens verfügen Sie über die nötigen finanziellen Mittel, und drittens haben Sie durch Ihre Leibwächterin Zugang zu anderen Ex-Soldatinnen, die für so einen Job, sprich: eiskalte Exekution, in Frage kommen. Nicht zu vergessen Ihre eigenen Worte, die ich nicht vergessen habe."

„Welche Worte denn?"

„Dass Sie, falls Sie sich an Leschnik hätten rächen wollen, dies nie so direkt, so schmerzlos und ohne jede Handschrift, gemacht hätten."

„Sie glauben also im Ernst, ich hätte eine Frau aus dem Umkreis von Florence engagiert und nach Salzburg geholt, um Leschniks Nichte töten zu lassen?", fragte Mühlbacher nach einer Pause dann mit einem breiten Grinsen im Gesicht.

„Für den Glauben ist die Kirche zuständig", erwiderte Gruber. „Ich zähle nur eins und eins zusammen."

„Und warum haben Sie dann nicht längst Ihre Handschellen hervorgeholt und mich verhaftet?"

Gruber lächelte müde. Er hatte tatsächlich überlegt, ob er Mühlbacher und Florence nicht festnehmen und mit den vorliegenden Indizien konfrontieren sollte, den Gedanken aber sofort wieder verworfen. Dazu war die Aussage dieser Nachbarin viel zu vage gewesen. Genauer gesagt, hatte die Frau lediglich angegeben, sie habe auf dem Weg vom Lift zu ihrer Wohnung im Treppenhaus unter sich eine junge, dick vermummte Frau gesehen. Dass die dreiundsiebzigjährige Rentnerin diese Person unter diesen Umständen eindeutig und zweifelsfrei identifizieren könnte, hielt Gruber für ausgeschlossen. Und selbst wenn, was hätte er damit schon gewonnen. Falls er richtig lag, war die Mörderin längst in den Weiten der USA untergetaucht. Ganz abgesehen davon, dass es letztendlich ein Fall für die österreichische Polizei war, und von diesen Burschen war derzeit keine Kooperation zu erwarten.

Sein Schweigen wurde von Mühlbacher entsprechend interpretiert: „Die Aussage Ihrer Zeugin ist wohl nicht allzu viel wert, oder täusche ich mich da?"

„Warten Sie es ab ..."

„Wissen Sie, was ich glaube? Ich glaube, Sie wollen mit diesen Anschuldigungen nur die Verbrechen Ihres lieben Kollegen Schmidinger relativieren."

„Überhaupt nicht. Aber dem seine Motive kann ich gerade noch nachvollziehen. Er hatte einfach Angst, dass durch Leschniks Nachforschungen alles auffliegt. Also hat er nach einem Ausweg gesucht. Aber bei Ihnen war es die blanke Bosheit, die Lust, andere leiden zu sehen."

„Sie wissen, was geschieht, wenn Sie diesen Unsinn weiter verfolgen oder gar an die Öffentlichkeit damit gehen?", erwiderte Mühlbacher mit verschärfter Stimme. „Ich werde Sie verklagen, Sie und Ihre Dienststelle und jeden, der es wagt, diese unglaublichen Unterstellungen zu verbreiten. Derart verklagen, dass Sie auf allen Vieren angekrochen kommen werden, um sich zu entschuldigen."

Gruber nickte nur.

Die restlichen Meter des Weges legten sie schweigend zurück. An der Einfahrt angekommen, stieg Gruber wortlos in seinen Wagen und startete den Motor. Und er hatte schon den Gang eingelegt, als Mühlbacher ihn mit einer Handbewegung aufforderte, das Fenster runterzudrehen. Gruber tat ihm den Gefallen.

„Kein Adieu, Herr Kommissar?", fragte er.

Gruber sagte nichts.

„Na dann, machen Sie es gut, Herr Kommissar. Und passen Sie gut auf sich auf.

Sie wissen ja, das Leben steckt voller böser Überraschungen. Vor allem dann, wenn man glaubt, so verdammt clever zu sein."

„War das eben eine Drohung?"

„Wo denken Sie hin? Ich möchte nur, dass Sie Ihre Pension, die demnächst ja wohl ansteht, auch genießen können."

„Freut mich zu hören", erwiderte Gruber. „Und wie gedenken Sie, den Rest Ihres Lebens zu verbringen, wenn ich fragen darf? Jetzt, wo Ihre Rachegelüste möglicherweise gestillt sind."

„Sie geben wohl nie auf, wie? Und was heißt hier möglicherweise?"

„Nun ja, ich denke da an Ihre zwei Kumpane von damals, die vor Gericht gegen Sie ausgesagt haben. Soviel ich weiß, sind beide noch am Leben. Und ich möchte, dass dies auch so bleibt. Haben wir uns verstanden?"

Mühlbacher trat vom Wagen zurück und hob die Hand. „Also dann, Herr Kommissar, gute Fahrt."

Pendragon Verlag
gegründet 1981
www.pendragon.de

Gedruckt auf holz- und säurefreiem Naturpapier

Originalausgabe
Veröffentlicht im Pendragon Verlag
Günther Butkus, Bielefeld 2010

Lektorat: Günther Butkus, Vanessa Vogt
Umschlag: Michael Baltus Mediendesign
Umschlagfoto: Marietta Heel
Satz: Pendragon Verlag auf Macintosh
Gesetzt aus der Adobe Garamond
Druck: Aalexx Buchproduktion, Großburgwedel
ISBN 978-3-86532-203-6
Printed in Germany

Der höchste Preis

von Wolfgang Schweiger

Chiemgau-Krimi, Originalausgabe
256 Seiten, Paperback, Euro 9,90
ISBN 978-3-86532-994-3

Walter Schott, ein Mann mit bewegter Vergangenheit, lebt als Drehbuchautor und Journalist in Berlin. Eines Tages erhält er den Anruf einer alten Bekannten: Monika Hochstätter. Sie ist todkrank und bittet Schott, ihr Romanmanuskript zu lektorieren, in dem sie ihre Erlebnisse als Prostituierte niedergeschrieben hat.
Als er Näheres erfahren möchte, wird er mit einer schrecklichen Tatsache konfrontiert: seine Schwester Astrid wurde, ebenso wie Monika, als 11-jähriges Mädchen von Monikas späterem Ehemann Gerhard Hauser sexuell missbraucht. Für Schott ist das endlich die Erklärung dafür, warum Astrid mit 30 Jahren Selbstmord begangen hat. Er kehrt daraufhin in seine Heimatstadt Traunstein zurück, um Hauser zur Rechenschaft zu ziehen.

P E N D R A G O N - Verlag